Marguerite Henry

König des Windes

Deutscher
Taschenbuch
Verlag

dtv

Titel der Originalausgabe: King of the Wind
Aus dem Amerikanischen von Friedel Hömke
Illustriert von Wesley Dennis

Ungekürzte Ausgabe
1. Auflage November 1971
5. Auflage Mai 1977: 48. bis 54. Tausend
Deutscher Taschenbuch Verlag GmbH & Co. KG, München
Lizenzausgabe mit freundlicher Genehmigung des Hoch-Verlags, Düsseldorf

Umschlaggestaltung: Celestino Piatti
Gesamtherstellung: Ebner, Ulm
Printed in Germany · ISBN 3-423-07026-9

Inhalt

Kapitel 1

Fastenzeit des Ramadan

In der nordwestlichen Ecke von Afrika, in Marokko, stand ein Stalljunge mit dem Besen in der Hand in dem großen Hof, der zu den Ställen des Sultans gehörte. Der Junge wartete auf den Anbruch der Abenddämmerung.

Er hatte den ganzen Tag lang nichts gegessen, hatte weder die Brustbeeren, die in seinen Turban eingeknotet waren, noch die riesigen Trauben, die über die Palastmauer hinüberwucherten, angerührt. Er hatte nicht einmal gewagt, auf den reichen, warmen Duft der reifenden Granatäpfel zu achten, denn man feierte den heiligen Monat Ramadan, eine festliche Zeit, in der Tag für Tag vom Morgengrauen bis zum Augenblick nach dem Sonnenuntergang alle gläubigen Mohammedaner weder essen noch trinken dürfen.

Agba, so hieß der Junge, dachte nicht an sich selbst, wenn er sich Sorgen um die Fastengebote machte. Sie gehörten zu seiner Religion. Aber als Signor Achmet, der Stallmeister, eines Tages anordnete, daß auch die Pferde fasten sollten, hatten Agbas dunkle Augen vor Angst gebrannt.

»Auf Befehl des Sultans!« hatte der Signor verkündet und dabei Agba leicht auf den Kopf geklopft, weil der Junge so besorgt dreinsah.

Von den zwölftausend Pferden in den Ställen des Sultans waren zehn Tiere Abgas Obhut anvertraut. Er fütterte und tränkte sie. Er striegelte ihr Fell und reinigte ihre Ställe. Am liebsten trieb er sie alle aneinandergekoppelt in den Hof zum täglichen Training.

An eines dieser zehn Pferde hatte Agba sein Herz verloren. Es war eine hellbraune Stute, flink wie eine Gazelle, mit Augen, die an dem Jungen hingen, was immer er auch tat. Die anderen neun Tiere führte Agba an einen gemeinsamen Wassertrog zur Tränke. Für seine hellfarbene Stute aber füllte er einen Eimer an der reinen Quelle vor dem Tor des Palastes und hielt ihn dem Tier hin, solange es trank. Die Augenlider der Stute streichelten dabei die Finger des Jungen. Wenn das Pferd genug getrunken hatte, schaute es Agba ein Weilchen an. Das kühle Wasser tropfte dann von dem Maul des Tieres auf Agbas braune Hände.

Um dieser Stute willen machte sich der Junge Sorgen, und deshalb suchte er die Zeit bis zum Sonnenuntergang mit Arbeit herumzubringen. Der Hof war längst sauber gefegt, aber Agba arbeitete weiter mit seinem Besen aus Palmenblättern, so als wollte er alle seine Gedanken auf einen kleinen Haufen zusammenkehren, den der Wind fortblasen mochte.

Schließlich hängte er seinen Besen an einen eisernen Haken

neben eine endlose Reihe von anderen Besen und ging zu der Stute. Ihre Stalltür war fest geschlossen, damit der Duft des reifen Klees nicht zu ihr dringen und der Hunger sie noch mehr quälen konnte. Er fand sie schlafend. Sie lag auf der Seite. Ihr Bauch war straff gespannt durch das kleine Fohlen, das sie bald zur Welt bringen sollte. Agbas Herz wurde schwer, als er bemerkte, daß die Anstrengung des Fastens an der Stute zehrte. Er sah es daran, daß sich über ihren Augen hohle Stellen bildeten. Und ihr Fell war rauh geworden.

Aber die Fastenzeit würde ja nun bald vorüber sein! Heute war der letzte Tag des Monats. Eben jetzt sank die Sonne hinter die graugrünen Ölbäume, die den Hof des Sultans umsäumten.

Kein Laut war zu hören, weder von dorther, wo der Palast lag, noch von dem Quartier über den Ställen, wo die Pferdejungen untergebracht waren. Die ganze Welt schien den Atem anzuhalten und nur auf den Sonnenuntergang zu warten. Aber nun begannen als Vorboten der Dämmerung die zarten Stimmen der Insekten zu zirpen, feine Vogelstimmen tönten in die Stille hinein. Dunkle Kröten bliesen Fagott. Grillen zirpten, Waldtauben gurrten. Und fern im Atlasgebirge lachte eine Hyäne. Jetzt konnte es nur noch kurze Zeit dauern.

Agba wandte sich nach Osten, seine Augen hingen an dem

Minarett der Moschee. Der Turm stach wie eine Nadel hinein in den blutroten Schein der untergehenden Sonne. Der Junge starrte gebannt darauf, bis seine Augen schmerzten. Schließlich tauchte eine Gestalt, in weiße Gewänder gekleidet, dort oben auf. Der öffentliche Ausrufer! Er stieß in eine Trompete. Viermal rief er in die vier Winde des Himmels hinein, daß der Ramadan zu Ende sei.

Ein wilder Lärm erhob sich. Zwölftausend Pferde merkten im Nu, was gemeint war, und wieherten vor Hunger. In den königlichen Ställen brodelte es wie in einem Ameisenhaufen. Stalljungen erschienen in den Gängen und schwärmten in den Hof hinein. Aus den Kapuzen an ihren Mänteln, aus den Gürteln, die ihre Röcke zusammenhielten, oder auch aus den Hemden zauberten sie Datteln, Rosinen und Mandeln hervor und stopften sie mit geräuschvollem Schmatzen in den Mund. Sie streiften Weintrauben von den Reben. Lärmend aßen sie von dem Überfluß. Einige stießen ihre Gesichter in die Wassertröge und tranken so, als ob sie Pferde wären.

Agba hielt sich von den anderen Jungen fern. Er eilte zu seiner Stute zurück. Langsam ging er auf sie zu, so als wollte er sie nicht erschrecken. Unter der Stelle, wo der Sattel an der Wand hing, fand er den Behälter mit Wasser, den er vor einer Stunde schon geholt und hierhergebracht hatte. Er goß es in einen Eimer und wartete, bis die Stute aufwachte.

Es war fast so, als hätte das Tier im Traum das Plätschern gehört. Die Stute erwachte mit einem Ruck und bemühte sich, auf die Beine zu kommen. Sie ging auf Agba zu und trank. Dann hob sie den Kopf und ließ das Wasser von ihren Lippen tropfen.

Agba wartete bewegungslos. Er wußte, daß sie mehr und immer noch mehr haben wollte. Ihre dunklen Augen hingen an ihm, als wenn sie sagen wollten: »Du bist die Quelle alles Guten!«

Ein tiefes Gefühl von Glück überkam Agba. Er nickte, so als verstände er ihre Gedanken. Dann wartete er, während sie wieder und wieder trank.

Als Agba aus dem Stall kam, führten die anderen Jungen eben ihre Pferde zur Tränke. Er mußte sich beeilen, wenn er es schaffen wollte, seine Kornration als erster zu bekommen. Er nahm eine Tasche aus Hanf, rannte durch eine Unzahl von Gängen und stieg schließlich eine steile Treppe hinab zu der Kornkammer, die im Keller lag. Am Eingang stand Signor Achmet, der Stallmeister. Er war ein dunkler, bärtiger Mann. In der rechten Hand hatte er einen Knotenstock. An seinem Rockgürtel hingen wohl hundert Schlüssel. Als er Agba sah, legte er seine Finger, die so stark waren wie Adlerklauen, auf die Schulter des Jungen.

»Warum ißt du nicht wie die anderen Sklaven?« fragte er mit seiner rauhen Stimme. Dann ließ er Abga los, sah ihn aber scharf an und schälte sich mit den Fingern eine Orange. Seine glänzenden Augen ließen Agbas Gesicht nicht los, als er dann die Orange geräuschvoll aß, um zu zeigen, wie gut sie schmeckte.

Agba schluckte. Er sah eifrig auf seine braunen Zehen.

»Ist es die Stute?«

Die Augen des Jungen fuhren hoch und trafen Signor Achmet.

»Ist heute nacht ihre Stunde?«

Langsam und schwer nickte Agba.

»Also dann«, sagte Signor Achmet und rieb seinen Mund am Mantel ab, »also dann wirst du diese Nacht nicht in deinem Quartier schlafen.«

Der Oberstallmeister suchte den Schlüssel zum Kornspeicher heraus. »Du führst die Stute in den Abfohlstall, bleibst bei ihr und paßt gut auf und rufst mich dann, wenn es soweit ist, daß sie das Fohlen bekommen soll. Allahs allgegenwärtiges Auge wird über dir sein.«

Agbas Herz flatterte wie ein aufgeregter Vogel. Der Stallmeister vertraute ihm die Stute an! Der Junge vergaß alle Püffe und rauhen Worte und verbeugte sich tief. Ungeduldig wartete er darauf, zu hören, wie sich der Schlüssel im Schloß drehte. Gleich würde die Tür sich öffnen. Er schmeckte schon im voraus den Duft von Hafer und Gerste.

Der Schlüssel kreischte. Die Tür quietschte. Der reife Geruch des Kornes strömte Agba entgegen.

Signor Achmet trat zur Seite. Der Junge schlüpfte hinter ihm her in die Dunkelheit hinein. Schnell fanden seine geübten Hände die guten, gesunden Ähren. Damit füllte er die Tasche. Dann wandte er sich um und flog die Treppe hinauf.

Kapitel 2

Im Abfohlstall

Aber die Stute wollte das Korn, das Agba brachte, nicht fressen. Sie berührte es nur mit den Lippen, fraß aber nicht, wandte sich ab und schloß müde die Augen.

Während er die anderen Pferde, die ihm anvertraut waren, fütterte und tränkte, dachte Agba besorgt darüber nach, wie schwach die Stute doch wäre. Er aß seine eigene Mahlzeit, die aus Gerste und Ziegenmilch bestand, und beeilte sich, den Abfohlstall aufzusuchen.

Signor Achmet mußte vor ihm dagewesen sein. Der Stall stand weit offen. Eine Laterne hing an einem Haken und verbreitete ein schwaches Licht. Seit dem Frühjahr war der Raum nicht gebraucht worden und roch daher feucht und modrig. Agba kletterte auf die Futterkrippe und warf oben an der Wand ein winziges Fenster auf. Ein Stück Himmel wurde sichtbar. Der Mond guckte in den Stall hinein.

Das ist ein günstiges Zeichen, dachte Agba. Ein neuer Mond – ein neuer Monat! Das Fohlen wird stark und schnell sein. Er atmete tief die Luft der kühlen Sommernacht. Dann machte er sich schnell an die Arbeit. Er füllte Eimer um Eimer mit Sand von den hohen Sandhaufen hinter den Ställen. Hin und her rannte er und warf den Sand auf den Boden im Stall. Darauf legte er

Stroh. Er breitete es zunächst sorgsam mit den Händen aus, dann stampfte er es mit den Füßen fest, und lief rasch immer wieder im Kreis darauf herum. Schließlich musterte er seine Arbeit kritisch. Das würde ein gutes Lager für die Stute sein!

Als er eben die Krippe mit Heu füllte, schaute Signor Achmet in fliegenden weißen Gewändern herein und prüfte mit seinen knochigen Fingern, wie hoch Agba den Sand aufgeschüttet haben mochte. Er befühlte das Strohlager.

»Du verschwendest Sand und Stroh«, sagte er mit finsterem Blick. »Die Hälfte täte es auch!« Aber Signor Achmet wußte wohl, wie sehr Agba dem Pferd zugetan war, und er verstand den Jungen. »Hol sie nun«, befahl er.

Agbas Verbeugung blieb in der Dunkelheit unbemerkt.

»Du rufst mich, wenn das Tier unruhig wird!«

Schnell und leise drehte sich Signor Achmet auf den Hacken herum und verschwand. Seine weißen Mantelzipfel flatterten hinter ihm her wie Mottenflügel.

Der Neumond schaute Agba über die Schultern, als er ging, um die Stute zu holen. Er fand sie geduldig in einer Ecke ihres Stalles. Sie hielt den Kopf gesenkt. Der Schweif war eingezogen. Agba legte seine Hand auf ihren Nacken und führte sie in die Nacht hinaus. Er ging an endlos vielen Ställen vorbei und durch

viele Torbogen hindurch, bis sie in dem neuen Quartier ankamen.

An der Tür befiel das Tier ein ängstliches Zittern. Es machte einen schwachen Versuch, rückwärts auszuweichen. Agba hielt die Stute ganz fest. Er summte vor sich hin und versuchte auf diese Weise, seine eigene, namenlose Furcht zu verbergen.

Die Stute war nun im Stall. Sie prüfte vorsichtig das weiche Lager mit ihren Hufen. Dann näherte sie sich der Krippe. Ihre Nüstern weiteten sich, als sie das Heu beschnupperte. Aber sie fraß nicht. Sie berührte das Wasser im Eimer mit den Lippen, aber sie trank nicht. Schließlich zog sie ihre Hufe unter sich zusammen und legte sich mit einem Stöhnen nieder. Ihr Kopf ging unruhig auf und ab. Sie ließ ihn müde ins Stroh sinken. Dann wurde ihr Atem allmählich ruhiger.

Agba stand wachsam. In seinem Kopf drehten sich die Gedanken wie ein Mühlrad herum. Er zitterte. Er mußte daran denken, wie er und seine Stute eines Tages einer Gazelle begegnet waren. Da hatte er sein Tier neben der Gazelle herreiten lassen. Seine Stute hatte das wilde Ding überholt und hinter sich zurückgelassen. Agba fühlte wieder, wie der Wind in seinen Ohren gesungen hatte.

Als er seine Augen schloß, kam ihm die Erinnerung an jenen

Tag zurück. Auf dem Heimweg waren sie an einem alten, runzligen Geschichtenerzähler vorbeigekommen. Der Alte kam ganz dicht an Agba heran und sagte mit einer Stimme, die nicht mehr als ein Flüstern war: »Als Allah das Pferd erschuf, sprach er zum Winde: ›Ich will, daß ein Wesen aus Fleisch und Blut aus dir hervorgehe. Nimm Gestalt an und werde!‹ Und der Wind nahm Gestalt an, und so entstand das Pferd.«

Diese Worte tanzten Agba im Kopf herum, als er nun dasaß und die schlafende Stute bewachte. »Ich will, daß ein Wesen aus Fleisch und Blut aus dir hervorgehe. Nimm Gestalt an! Werde! Ich will, daß ein Wesen aus Fleisch und Blut aus dir hervorgehe! Nimm Gestalt an und werde.« In seinem Sinn sprach er die Worte wieder und wieder vor sich hin, so lange, bis mit einem Male die Stallwände sich auseinanderschoben und ganz verschwanden. Und Agba ritt auf dem Südwind. Da war nichts, was ihn aufhalten konnte. Nicht der Palast und nicht die Bäume, weder Hecken noch Flüsse. Nur weiße Wolken gab es und einen blauen, hochgewölbten Torbogen. Der Wind war sein Reitpferd.

Mit einem Seufzer sank Agba in das Stroh. Sein Kopf fiel vornüber. Er schlief.

Kapitel 3

Ein Fohlen wird geboren

Die Träume des Jungen verwoben sich zu einem immer feineren Gespinst, das sich schließlich in nichts auflöste. Agba schlief fest. Die Kerze in der Laterne sprühte zuckend und erlosch. Der Mond stieg höher und höher. Fledermäuse und Nachtfalter flogen geräuschlos durch die samtschwarze Nacht. Sie gingen auf Jagd nach Insekten. Als das graue Morgenlicht heraufkam, waren sie verschwunden. Ein Chor von krächzenden Krähen löste sie ab.

Agba wachte jäh auf. Die Stallwände standen wieder so, wie sie immer gewesen waren. Auch die Stute lag auf der Seite wie zuvor. Aber ihr Kopf war jetzt hoch aufgerichtet. Sie leckte ein neugeborenes Fohlen trocken. Das Geräusch, das ihre Zunge machte, während sie eifrig über das Fell des kleinen Fohlens strich, füllte die Stille im Raum mit Leben.

Dem Jungen wurde ganz ängstlich zumute. Er fürchtete, das Wunder, das er da erlebte, könnte sich in Morgennebel auflösen, wenn er nur einen Augenblick wagte, seine Augen davon abzuwenden. Oh, wie winzig war das Fohlen! Und so feucht am ganzen Körper, daß man noch nicht sagen konnte, von welcher Farbe es war. Aber die Augen hatte es schon weit auf. Sie waren voller Neugier.

Agba zitterte, als er den kleinen Burschen betrachtete. Es war nicht das erstemal, daß er ein neugeborenes Fohlen sah. Aber keins war so klein und zierlich gewesen wie dieses hier. Wie aus weiter Ferne hörte er draußen die nackten Füße der Stalljungen vorüberhuschen. Er nahm auch wahr, daß der wilde Eber in seinem Loch hinter den Ställen grunzte und hustete. Agba überlegte, ob es wohl wahr wäre, daß Wildschweine die bösen Geister von Pferden fernhalten können.

Er wagte noch immer nicht, sich zu rühren. Jetzt sah er, wie die Stute sich schwerfällig mühte, auf die Beine zu kommen. Dabei gab sie dem kleinen Ding mit ihrer Nase einen aufmunternden Schubs.

Das Fohlen versuchte aufzustehen. Es stemmte seine Vorderbeine fest auf. Sie rutschten ihm seitlich weg. Jetzt schienen ihm alle Beinchen durcheinanderzugeraten. Aber das Fohlen versuchte es noch einmal und immer wieder. Eine atemlose Sekunde lang stand es auf seinen vier Füßen. Dann verbogen sich die Beine, und das Tierchen fiel zu einem kleinen Haufen zusammen. Agba streckte die Hand nach ihm aus. Aber die Stute kam ihm zuvor. Sie stieß das Kleine wieder mit ihrer Nase an. Dann mit der Zunge. Sie schien dem Fohlen zuzunicken. Das Tierchen versuchte es noch einmal. Und stand! Wie spindeldürr war es doch! Man konnte seine Rippen zählen. Es hatte genau die gleichen Höhlen über den Augen wie seine Pferdemutter.

Ich könnte es auf meinen Arm nehmen, dachte Agba. Es ist nicht größer als eine Ziege. Und es hat einen langen Bart, auch genau wie eine Ziege. Lang und seidig. Sein Schweif ist lockig. Das Tier ist über und über von einer einzigen Farbe. Nur – nur eine Stelle... Plötzlich setzte das Herz des Jungen ein paar Schläge lang aus. Auf dem rechten Hinterhuf des Fohlens sah er einen weißen Flecken. Er war nicht größer als eine Mandel, aber er war tatsächlich da! Das weiße Zeichen – das Symbol der Schnelligkeit!

Agba sprang auf seine Füße. Er wäre am liebsten auf den Turm der Moschee hinaufgeklettert, hätte dort die Trompete geblasen und mit Wonne in die vier Winde des Himmels hineingerufen: »Ein Fohlen ist geboren! Und es wird so schnell sein wie der Wind der Wüste, denn an seinem Huf ist das weiße Zeichen! Das weiße Zeichen! Das weiße...«

Eben jetzt drang ein Strahl des aufschimmernden Lichtes durch das Fenster und fiel auf das Neugeborene. Wie rotes Gold flammte das Fell des Tieres auf. Der Sonnenschein legte einen Strahlenkranz um den Kopf des Fohlens.

Agba wurde wieder ängstlich. Er öffnete seinen Mund, aber kein Laut kam daraus hervor. Vielleicht war doch alles nur ein Traum. War das Tier am Ende gar nicht Wirklichkeit? Das goldene Fell. Die Krone von Sonnenstrahlen. War es vielleicht eines der goldenen Pferde des Sonnenwagens?

Ich will es festhalten. Ja, das will ich! Ich kann es aber nur, wenn ich ihm einen Namen gebe, dachte der Junge schnell. Und er nannte das kleine Ding: Sham. Das Wort bedeutet auf arabisch »Sonne«.

Kaum hatte Agba dem Fohlen diesen Namen gegeben, da schien das kleine Wesen neue Kraft zu fühlen. Es versuchte ein paar Schritte zu machen. Dabei fand es heraus, daß seine Mutter ihm Milch geben konnte. Mit kleinen, saugenden Lauten fing das Tier an zu trinken.

Kapitel 4

Die Weizenähre

Agbas Gedanken wurden jäh unterbrochen. Die Tür zum Stall öffnete sich leise. Signor Achmet! Die Sonne blitzte scharf an seinem Säbel entlang. Ein böses Licht war in seinen Augen, als er jetzt auf den Jungen hinuntersah.

Agba sprang auf die Füße. Er war auf eine Strafpredigt gefaßt. Gleich würde er die knochigen Finger strafend auf seinen Schultern fühlen.

Aber des Signors Augen waren schon nicht mehr bei dem Jungen. Der Stallmeister sah wie gebannt auf die Brust des Fohlens. Sein Gesicht erstarrte in Entsetzen. Er schob die Stute beiseite, um das Neugeborene besser prüfen zu können. Schließlich stammelte er ein paar Worte. Jedes davon klang, als schlüge Hagel klirrend auf einen Dachfirst: »Die Weizenähre!« sagte er.

Agba schob sich näher heran. Er bückte sich tief, damit auch er die Brust des kleinen Pferdes genau sehen könnte. Wahrhaftig! Genauso, wie der Stallmeister gesagt hatte, war da ein Haarwirbel, der ganz ähnlich aussah wie eine Weizenähre.

»Die Weizenähre!« Signor Achmets Stimme klang heiser. »Das bedeutet Unglück. In der vergangenen Nacht hat mich das Pfeifen der Rohrdommel gewarnt. Und die gelbäugige Eule hat mich auch gewarnt. Unglück wird die Tage des Fohlens heimsuchen. Unglück hängt als dunkle Wolke ganz tief und nah über den königlichen Ställen.«

Wieder starrten seine Augen auf die Brust des Neugeborenen. Er ging langsam auf das Fohlen zu und zog dabei den Säbel aus der Scheide.

Agba stieß einen Schrei aus. Ohne an seine eigene Sicherheit zu denken, warf er sich zwischen Signor Achmet und das kleine Tier. Auf den Knien liegend, hob er das Fohlen, das mit seinen Beinchen einen wilden Wirbel schlug, hoch. Triumphierend zeigte er auf den weißen Flecken am Hinterhuf.

Signor Achmets Augen zogen sich zusammen. Seine Augenbrauen wurden zu einem einzigen schwarzen Strich. Agba fühlte, daß der Stallmeister in Gedanken beide Zeichen wägte und abschätzte – den weißen Flecken gegen die Weizenähre. Das gute Omen gegen das böse. Sie wogen sich genau auf.

Gerade in diesem Augenblick ließ der wilde Eber ein ärgerliches Quieken hören. Das erinnerte Signor Achmet daran, daß der Eber nur aus dem Grunde in den königlichen Pferdeställen geduldet wurde, weil er in dem Ruf stand, böse Geister von den Pferden fernhalten zu können, indem er die üblen Mächte im eigenen Körper hausen ließ. Verdrießlich steckte der Stallmeister seinen Säbel wieder in die Scheide.

»Möge der böse Geist in den wilden Eber fahren«, brummte er.

Agba entfuhr ein tiefer Seufzer.

»Von der Milch, die diese Stute hat, kriegt das Fohlen keine Kraft«, bemerkte Signor Achmet noch immer böse. »Die Stute stirbt. Es ist Allahs Wille.«

Was er vorhersagte, wurde wahr. Trotz Agbas sorgfältiger Pflege überlebte die braune Stute die Geburt des Fohlens nur um wenige Tage. Als der Signor davon hörte, schlurfte er mit seinen gelben Pantoffeln in den Stall hinein. Und wieder prophezeite er etwas Schlimmes.

»Das Fohlen stirbt auch«, sagte er und hob prüfend ein Augenlid des kleinen Sham hoch. Er zuckte die knochigen Achseln. »Da kann man nichts tun. Geh in dein Quartier! Los!«

Agba rannte aus dem Stall. Wenn die Jungen in den Korridoren Fliegen gewesen wären, hätte er sie nicht weniger beachten können. Er sah und hörte nichts und wußte überhaupt nicht, wohin er ging. Nur eins war ihm bewußt: er mußte rennen, so schnell, bis er nicht mehr konnte – weg von Tod und Leben.

Er jagte jetzt quer durch die Gänge zum Hoftor. Dort hielten zwei Soldaten Wache. Sie ließen Agba durch, ohne ihn anzuhalten. War das nicht der erste der kleinen Sklaven im Dienste Signor Achmets? fragten sie sich. War er nicht der, den Signor Achmet gelegentlich losschickte, Botengänge zu machen?

»Lauf! Lauf!« schrien sie hinter Agba her.

Raus aus dem Tor, den Hügel hinunter, auf Mekka zu, vorbei an Kornmühlen, vorbei an Herden, die vor den Zelten der Araber weideten, vorbei an Mauleseln, beladen mit Lattenkisten voll piepsender Küken, vorbei an Schafherden, die ihre Wolle zu Markte trugen – hinein in die dunklen, gewundenen Gassen der Stadt. Er rannte schneller und schneller, ließ bellende Hunde, Schweine und Ziegen hinter sich zurück. Er hetzte vorüber an den Läden der Fleischer, der Schuhmacher, der Schreiber und Wachshändler. Die Kaufleute wollten ihn aufhalten. Vergeblich versuchten sie, ihn bei den flatternden Enden seines Gürtels zu erwischen. Wie Quecksilber war er. Man konnte ihn nicht packen.

»Hinter dem muß ein böser Geist her sein«, lachten sie einander mit weißen Zähnen zu.

Der Junge hastete weiter, bahnte sich den Weg zwischen Gauklern, Schlangenbeschwörern, Wasserträgern und Jungen, die Brot austrugen. Er versuchte, seinem Kummer davonzulaufen, aber der blieb ihm zäh wie ein Schatten auf den Fersen. Ich muß wohl noch schneller rennen, dachte er und stürzte vorwärts. Er fühlte, wie seine Lunge die Luft pfeifend ein- und wieder auspumpte. Der Atem stieß ihn schmerzhaft. Plötzlich wurde er beinahe von einem Kamel gestreift und an eine Hauswand gequetscht.

Er hielt an und starrte. Das Kamel hatte ein Junges bei sich. Ein Gedanke durchfuhr Agba. Kamelmilch! In der Wüste zog man damit hin und wieder Pferde groß. Er hatte Signor Achmet sagen hören, daß sie besser wäre als die Milch einer Stute. Kräftiger, nahrhafter.

Er rannte zu dem Kameltreiber und bemühte sich, dessen Aufmerksamkeit auf sich zu lenken. Er zog ihn deshalb am Mantelzipfel. Der Treiber schaute sich ärgerlich um. Auf einmal erkannte er Agba. Der Junge war gelegentlich bei ihm gewesen, um Kamelhäute zu kaufen, aus denen Steigbügel gemacht wurden.

Die Verdrießlichkeit des Treibers verwandelte sich im Nu in ein schmalziges Lächeln. Der kleine Sklave war ja ein Bote aus den königlichen Ställen, von Signor Achmet persönlich. Wenn er dem Jungen schmeichelte, ließ sich nicht absehen, was für Vorteile ihm daraus erwachsen könnten. Vielleicht wünschte der Signor ein Kamel zu kaufen, für den Sultan zum Reiten. Oder noch besser, man wollte ihn womöglich zu des Signors Stellvertreter machen. Dann würde er über hundert Sklaven verfügen, sobald er nur die Hand aufhob.

Aus seinem Lächeln wurde ein erschrockener Aufschrei, als Agba zu seinen Füßen hinfiel.

Die Kleider des Treibers raschelten, als er eilfertig vom Kamel stieg. Er knotete seinen Turban ab und fächelte dem Jungen Luft zu. Eine Menschenmenge, Männer und Jungen, sammelte sich schnell um die beiden herum. Alle gestikulierten wortreich.

»Die Fasten des Ramadan haben ihn geschwächt.«

»Wir haben gesehen, wie er rannte. Das konnte er ja nicht aushalten.«

»Er ist der erste Sklavenjunge in des Sultans Stallmeisterei.«

Der Kameltreiber war der einzige, der dem Jungen wirklich beistand. Er rieb Agbas Hände. Er hielt dem Jungen einen Ledereimer voll Wasser an den Mund. Agbas Augenlider flatterten, als er zu trinken versuchte. Das Wasser schmeckte warm und ledern. Er verbarg den Kopf in seinen Armen.

Der Araber war außer sich vor Sorge. Er mußte doch diesem kleinen Boten aus den königlichen Ställen gefällig sein. Blitzschnell zog er einen von den vielen ziegenledernen Schläuchen, mit denen das Kamel bepackt war, aus der Ladung hervor. Er öffnete ihn vorsichtig und goß behutsam ein wenig von der kostbaren Kamelmilch, die er in den Schläuchen zum Markt trug, in einen Trinkbecher. Ein paar Tropfen wilden Honigs tat er dazu. Dann reichte er Agba den Becher. Der nahm einen Schluck. Er kostete die Milch aufmerksam. Sie war dick und kräftig. Sie war süß und bitter zugleich. Aber sie war gut! Er sah zu dem Araber auf und lächelte.

Der Mann war hoch erfreut. Wild fuchtelte er mit seinen Armen auf die Zuschauer ein. Triumphierend wies er auf den Jungen und zeigte dabei mit breitem Grinsen seinen zahnlosen Gaumen.

Agba mußte den Becher leer trinken. Dann gab ihm der Mann noch einen ganzen Schlauch voll Milch und einen kleinen Krug mit Honig. Er hoffte schon gelegentlich zu einer passenden Zeit herauszufinden, was der Junge eigentlich von ihm gewollt hatte.

»Geh nach Hause«, drängte er, »geh nach Hause, bevor die Sonne höher steigt. Schlaf dich aus! Deine Bestellung sagst du mir ein anderes Mal. Das hat Zeit.«

Als Agba ging und die für ihn so kostbaren Gaben mitschleppte, lachte der Kameltreiber und rieb sich befriedigt die Hände.

Kapitel 5

Kamelmilch und Honig

Als Agba Shams Stall erreichte, zögerte er und wagte kaum hineinzuschauen. Er fürchtete, daß das Fohlen gestorben wäre. Ihm graute vor dem verlassenen Anblick, den ein Stall bietet, wenn die Tiere, die darin gelebt haben, tot sind.

Er huschte hinein und schloß die Tür hinter sich. Nun erst wagte er hinzuschauen. Da war das Fohlen! Es lag auf der Seite und atmete so schwach, daß der Junge unsicher wurde. Er ging einen Schritt näher heran und lächelte erlöst. Das Fohlen lebte. Aber ach, wie klein und schwach war es doch. Seine Weichen waren beinahe so flach wie Signor Achmets Gebetsteppich.

Agba zog den Lederschlauch aus seinem Oberrock hervor. Dort hatte er ihn die ganze Zeit fest an seinen Körper gepreßt getragen, um die Milch warmzuhalten. Er füllte eine Tasse Milch und tat ein bißchen Honig dazu.

Ein Wimmern kam aus der Richtung, in der das Kleine im Stroh lag.

Agba kniete neben ihm nieder. Mit der Hand rührte er die Milch um und steckte ihm dann seine Finger in das kleine Maul.

Das Tier fing an, seine Kiefer drollig hin und her zu bewegen. Es biß mit seinen kleinen Zähnen auf den Jungenfingern herum.

Dann saugte es daran, erst sachte, dann heftiger, zuletzt mit allen Kräften, die es aufbringen konnte.

Agba stippte die Finger wieder und wieder ein. Niemals vorher hatte er solche Glückseligkeit erlebt. Kleine, schnurrende Laute kamen aus seiner Kehle. In Gedanken versprach er dem Kleinen vielerlei: Mein Name ist Agba. Ba bedeutet Vater. Ich will dir ein Vater sein, Sham. Und wenn du groß bist, werden sich Tausende und aber Tausende vor dir neigen. Du wirst der König des Windes sein ... Ich verspreche es dir.

Der Junge rührte wie geistesabwesend in der Milch herum. Seine Träume gingen in die Zukunft. Das hungrige Schlecken des Fohlens brachte ihn in die Gegenwart zurück.

Es brauchte im Augenblick nicht so sehr einen Vater. Agba mußte jetzt vielmehr seine Mutter sein. Das Kleine stupste den Stalljungen leicht mit seinem rosigen Maul. »Mehr Milch!« sollte das heißen.

Agbas Mundwinkel zuckten lächelnd. Er fütterte das kleine Wesen weiter, bis es einschlief.

Trotz seiner dunklen Prophezeiungen zeigte sich Signor Achmet nicht im geringsten erstaunt, als es nicht mehr zu übersehen war, daß Sham von Tag zu Tag kräftiger auf seinen wohlgeformten Beinchen stand. »Er bleibt am Leben«, sagte er mit derselben trockenen und heiseren Stimme, mit der er den Tod des Fohlens vorausgesagt hatte. »Es ist Allahs Wille!« Dann beobachtete er Agba mit zusammengekniffenen Augen, um festzustellen, ob der Junge auch die anderen Pferde nicht vernachlässigte.

Sham lebte von der Kamelmilch und dem Honig. Agba hingegen lebte so sehr von der Liebe zu Sham, daß er eine seltsame Art von Hungergefühl empfand, wenn er das Fohlen einmal nicht sah. Und wenn die anderen Jungen nur wagten, Shams Fell zu streicheln, stand er mit umwölkter Stirn dabei.

Agba nahm Sham aus dem Abfohlstall und brachte ihn dahin, wo vor der Geburt des Kleinen die Mutterstute gestanden hatte. Er holte seine Hängematte aus seinem Quartier und knüpfte sie in Shams Stall an die Balken.

Im Stall verrichtete er auch seine Gebete. Sorgfältig breitete er dazu seinen Mantel aus und kniete nieder. Er blickte dabei nach Osten, dahin, wo ein Stern durch das runde Stallfenster schien. Nachdem er mit dem Kopf den Boden berührt hatte, betete er andächtig: »Allah onikibar! Allerhöchster Gott!« Dann erhob er sich, streckte seine Arme in die Höhe, kehrte die Handflächen zum Himmel und verrichtete sein besonderes Gebet für Shams Wohlbefinden.

Als der Wind kälter wurde und der Regen einsetzte, machte er eine Art Decke von Wollflocken, die er dem Weber abgebettelt hatte. Auf einem Teil davon schlief er, mit dem anderen Teil deckte er Sham und sich selber zu. So lagen sie zusammen und waren einer dem anderen Wärme und Trost.

Als Sham größer wurde, kam er mit den jüngsten Fohlen auf die Weide. Aber die anderen wollten nichts von ihm wissen. Entweder knabberten sie an seiner Kruppe herum und schlugen nach ihm aus, oder sie wollten überhaupt nichts mit ihm zu tun haben. Er schien ihnen viel zu klein zu sein, als daß man sich ernsthaft mit ihm abgeben könnte.

Sham störte das nicht im geringsten. Er sprang wohlgemut für sich allein in der Koppel herum und war damit beschäftigt, die Welt kennenzulernen. Er fand heraus, daß er allerlei hören konnte, wenn er die Ohren spitzte – Hufschlag, der sich ihm näherte, oder den pantherartigen Gang Signor Achmets, den schnellen, patschenden Schritt Agbas oder die Melodie seiner eigenen Hufe.

Die Welt war voller Wunder! Wenn er seine Nüstern in den Wind streckte, konnte er die merkwürdigsten Gerüche wahrnehmen – den köstlichen Duft des Klees, den beißenden Rauch der Stoppelfeuer, die in den abgeernteten Kornfeldern brannten, den süßen Duft der Orangen- und Zitronenhaine, das würzige Aro-

ma der Kiefernwälder jenseits der Stadtmauer, den Moschusgeruch des wilden Ebers, den kühlen, feuchten Hauch der Wolken, die über die schneebedeckten Berge zogen. Er konnte sie noch nicht ganz sicher voneinander unterscheiden, aber er bemühte sich, sie auseinanderzuhalten.

Am wichtigsten war es, die Muskeln und Sehnen zu stärken. Sham brachte sich selber bei, wie man sich dreht und kehrtmacht. Er rannte, bis ihm alles weh tat.

Auch für Agba war die Welt voller Wunder. Eines Tages, als er einen Schwarm von Störchen zum Süden fliegen sah, beobachtete er fast ehrfürchtig, wie der kleine Sham unter ihnen her über die Erde jagte. Er machte ein Wettrennen mit den Störchen. Agbas Herz brannte vor Bewunderung und Stolz; es war ihm, als habe er das Fohlen selbst zur Welt gebracht.

Niemals hatte er soviel Freude erlebt wie in dieser Zeit. Da war ein lebendes Wesen, das ihn brauchte. Nicht nur für Nahrung und Wasser, nein, wirklich als Kameraden. Wenn Sham bange war, kam er zu Agba gerannt und suchte Schutz. Wenn ihm kalt war, schmiegte er sich wärmesuchend an Agba. Wenn er sich einsam fühlte, drückte er seine rosige Nase an Agbas Wange.

Was machte es schon aus, daß Sham den jungen Fohlen so anders erschien. Er war auch anders. Sie rannten zu ihrer Pferdemutter, wenn sie hungrig oder ängstlich waren, Shams Mutter aber war ein zarter, brauner Junge.

Kapitel 6

Der Befehl des Sultans

Ein Jahr verging und noch eins. Sham hielt, was das weiße Zeichen versprach. Er wurde stark. Er war schneller, als es seine Pferdemutter gewesen war. Wann immer die Stalljungen vor der Stadtmauer ein Wettrennen zwischen ihren Pferden veranstalteten, schlug Sham alle anderen. Nicht nur die Fohlen, die in seinem Alter waren, überholte er, sondern auch die Pferde, die ihm an Jahren voraus waren. Er wirkte nicht wie ein Tier von Fleisch und Blut, wie ein Pferd mit vier Beinen. Er war wie ein Wesen aus Luft, das mit den Schwingen des Windes dahinsauste. Schließlich kam es so weit, daß kein Stalljunge mehr Agbas Pferd zum Wettkampf herauszufordern wagte. Die ständigen Niederlagen hatten ihnen den Mut dazu genommen.

An einem Morgen im Frühling, als Agba die anderen Pferde, die seiner Obhut anvertraut worden waren, zur Tränke führte, tippte ihm Signor Achmet auf die Schulter. Sein Gesicht war seltsam verzerrt, kleine Schweißperlen tropften auf seiner Oberlippe.

»Agba«, sagte er schnell, und seine Stimme hatte alle Überheblichkeit verloren. »Sultan Mulai Ismael hat mir befohlen, heute vor ihm zu erscheinen, und zwar zu der Stunde, in der die

Sonne im Zenit steht. Er befiehlt ferner, daß mich sechs Pferdejungen begleiten.«

Signor Achmet sprach immer hastiger. »Du, Agba, sollst einer von diesen sechsen sein. Wenn du die Pferde getränkt hast, wirst du dir den Kopf rasieren lassen. Der Barbier erwartet dich schon. Dann wäschst du deinen Körper dreimal von Kopf bis Fuß. Mach, daß du fertig wirst.«

Agbas Augen weiteten sich vor Entsetzen. Mulai Ismael regierte schon seit fünfzig Jahren. Jedermann wußte, daß kein Stalljunge, der jemals während des Sultans langer Regierungszeit vor den Thron beordert worden war, von dorther zurückgekommen war. Der Sultan war ein wilder und blutrünstiger Herrscher. Es machte ihm nichts aus, Tausende von Köpfen abzuschlagen, nur um auszuprobieren, ob sein Säbel scharf genug dazu war. Er fand auch nichts dabei, ein ganzes Dorf zu zerstören, um zu erproben, ob seine Soldaten gut mit ihren Musketen schießen konnten.

Obwohl der Morgen warm war, überlief Agba ein kalter Schauer von oben bis unten. Was sollte aus Sham werden, wenn Agba nicht zurückkam? – Aber man konnte nichts weiter tun als gehorchen. Der Junge führte die Pferde in ihren Stall zurück und ging zum Hof des Barbiers hinter den Ställen. Der Barbier war schon bei der Arbeit. Vier Jungen waren bereits kahlgeschoren bis auf einen Haarbüschel hoch oben auf dem Kopf. Agba sah mit Unbehagen die blutigen Kratzer auf den rasierten Schädeln. Er hatte einmal beobachtet, wie ein Schäfer ein paar Gebirgsziegen scherte. Der Mann war ihm viel behutsamer vorgekommen als dieser Haarschneider.

Plötzlich war Agba dran. Der Barbier schärfte das Rasiermesser an einem Stein. Jetzt fuhr er über Agbas Schädel. Dem Jungen kam es vor, als würde ihm jedes Haar einzeln mit der Wurzel herausgerissen. Der einzige Trost war, daß der Mann schnell zu Werke ging. Die Feuerprobe würde rasch vorüber sein. Agba sah die anderen Jungen zur Quelle gehen und Wasser für ihre Waschung holen. Bald war er mit dabei.

Das Rasiermesser in der Hand, wachte der Barbier darüber, daß die Waschungen richtig vorgenommen wurden. Die Jungen mußten jeden Finger und jeden Zeh einzeln waschen, dann drei Eimer Wasser über sich selbst ausgießen und jedesmal wieder jeden Finger und Zeh einzeln waschen.

Die Sonne stand schon hoch am Himmel, als endlich alle Burschen fertig dastanden. So dünn wie Grashalme sahen sie aus, alle ganz gleich. Jeder hatte eine rote Kappe auf dem Kopf. An ihren Mänteln saß im Nacken eine Kapuze. Und sie gingen alle sechs auf nackten braunen Füßen. Auf jeder Brust hing als Amulett ein Chamäleon.

Im Gänsemarsch folgten sie Signor Achmet und marschierten durch den langen Gang zwischen den Ställen.

Plop, plop, plop, plop! Ihre bloßen Füße klatschten auf den Boden. Für Agba klang es wie ein Echo auf das Klopfen seines Herzens. Plop, plop, plop, plop! Die braunen Füße bewegten sich vorwärts, erst an der hohen Außenmauer entlang, dann höher und höher, eine steile Rampe hinauf zum Eingang der geheiligten Räume des Sultans.

Zwei Reihen königlicher Wächter standen davor, so bewegungslos, daß man sie für Figuren halten konnte, die ein Bildhauer aus Stein geschlagen hatte. Aber Agba fühlte ihre Blicke auf sich eindringen. Sie stachen ihn wie Sandkörner, die der Wind hochpeitscht. Als die kleine Mannschaft anhielt, kam Leben in die Wächter. Sie machten das Tor weit auf, verbeugten sich tief vor Signor Achmet und gaben das Zeichen zum Weitergehen.

Nun kamen sie durch eine Galerie. Da blinkten weiße Säulen. Die Gewölbe waren aus lackierten Ziegeln. Die leuchteten blauer als der Himmel. Plop, plop, plop, plop! Nackte Jungenfüße marschierten weiter durch endlose Gänge, in denen Vögel frei herumflogen und doch so aussahen, als suchten sie verzweifelt einen Ausweg. Weiter ging es, immer weiter durch ein zweites Tor, durch einen inneren Hof und wieder durch ein Tor. Agba fuhr jedesmal zusammen, wenn die Torflügel hinter ihnen zuschlugen. Es klang wie das scharfe Krachen, das den Blitz begleitet, wenn das Gewitter nah ist. Aber das sanfte Donnergrollen des abziehenden Wetters blieb aus. Nichts als Stille folgte. Sie legte sich schwer auf Agbas Kopf und auf seine Schultern. Man konnte dabei nicht atmen.

Nun versperrte ein besonders wildblickender Wächter ein Tor, das noch großartiger war als die bisher gesehenen. Verächtlich zeigte der Soldat auf Signor Achmets Kopf und Füße. Schnell warf Achmet seine Kapuze vom Kopf zurück und schlüpfte aus seinen Pantoffeln. Die kleinen Sklaven hatten keine Pantoffeln an und konnten also keine ausziehen, aber ihre Kapuzen schlugen sie nun auch zurück.

So marschierte die furchtsame Gesellschaft im Gänsemarsch durch die letzte Galerie und stand endlich im Garten Mulai Ismaels, des Sultans von Marokko.

Kapitel 7

Sechs Pferde für einen König

Wilde disharmonische Musik schlug ihnen entgegen. Es klang, als ob Dudelsackpfeifen, Lauten und Tamburine sich zankten und gegenseitig zu übertrumpfen suchten. Agba kümmerte sich nicht darum. Er merkte deshalb auch gar nicht, daß die Musik jäh abbrach und nur noch das leise Geräusch zu hören war, mit dem das hochsprühende Wasser des Springbrunnens in die Marmorbassins zurückfiel.

Seine ganze Aufmerksamkeit wurde von dem Thronsitz am Ende des Gartens angezogen. Dort saß mit gekreuzten Beinen auf einem gestickten Teppich Sultan Mulai Ismael höchstpersönlich.

Der Sultan spießte geradezu die Jungen mit seinen Blicken auf. Er trug einen hochgetürmten Turban und ein blendendweißes Gewand mit goldener Schärpe. Was Agba aber am meisten verwunderte, war, daß ihn der alte Mann trotz des feinen Mantels, den er trug, und trotz seines schneeweißen Bartes lebhaft an ein Kamel erinnerte. Seine Augen lagen wie bei einem Kamel unter schweren faltigen Lidern versteckt. Die Lippen waren dick und gespalten. Auf dem Rücken des Sultans saß ein plumper Höcker. Sogar seine Füße, schwammig, breit und formlos, glichen denen eines Kamels.

Vielleicht werde ich gar nicht geköpft, dachte der Junge. Der Sultan macht nicht den Eindruck, daß man sich vor ihm fürchten müßte. Er ist ja so etwas wie ein Kamel.

Agba wäre nicht im geringsten überrascht gewesen, wenn der Alte sich erhoben hätte, um im Garten die Blätter von den Orangenbäumen und den Jasminbüschen abzuknabbern.

Signor Achmet küßte jetzt die Schulter des Sultans und verbeugte sich danach bis zur Erde. Inzwischen stellte der Zeremonienmeister jeden der Jungen auf eines der in den Boden gepflasterten Vierecke. Es war so, als ob er Menschen wie Figuren auf einem Schachbrett anordnete. Die Jungen standen hinter Signor Achmet, aber so verteilt, daß der Sultan jedem von ihnen gerade ins Gesicht sehen konnte.

Agbas Augen streiften den Thron. Zur Rechten des Sultans saßen, jeder auf einem Kissen, der königliche Fliegenfänger, der Schwertträger, der Pantoffelhüter, der Teebereiter. Zur Linken standen Offiziere, Boten und Wächter.

»Signor Achmet!« brach der Sultan das Schweigen.

Trotz aller Furcht hätte Agba beinahe losgeprustet, denn auch die Stimme des Sultans war hoch und schrill wie die eines Kamels, das sich gegen seinen Reiter sträubt.

»Signor Achmet!« quiekte er. »Ich beauftrage Euch, als den Oberstallmeister im Dienste des Sultans von Marokko, sechs meiner besten Zuchtpferde auszusuchen. Sie sind als Geschenk gedacht für Ludwig XV., den jungen König von Frankreich.«

Der Sultan machte eine Pause, um seine Worte wirken zu lassen. Eine Fliege brummte nahe an seiner Nase vorbei. Gleich jagte der Fliegenfänger sie eifrig mit einem seidenen Taschentuch fort.

»Ihr werdet zusammen mit sechs Stalljungen diese Pferde auf ihrer Reise an den Hof von Versailles begleiten«, fuhr der Sultan fort, »und sie dem König persönlich überbringen.«

Ein Seufzer, so leicht, daß er sich in dem schwachen Wind, der durch die Bäume strich, verlor, entschlüpfte den Stalljungen.

»Heute in sieben Tagen«, sprach der Sultan weiter, »werdet ihr abreisen. Zur Stunde, da die Sonne über den Turm der Moschee steigt, sollt ihr zur Fahrt gerüstet vor dem Tor des Palastes stehen. Das wird die Zeit des Aufbruchs sein.«

Der Sultan leckte seine dicken Lippen. »In Tanger liegt schon ein Segelschiff für euch bereit. Ich habe Ställe in den Rumpf des Schiffes bauen lassen. Alles ist fix und fertig. Auch Futterkrippen sind da. Außerdem habe ich angeordnet, daß man am Tage eurer Ankunft in Tanger Hafer und Gerste auf das Schiff bringen wird. Bin ich großartig oder bin ich's nicht?«

Signor Achmet verbeugte sich tief. Diener, Offiziere, Boten und sechs Stalljungen neigten sich ebenfalls bis zur Erde.

Mulai Ismael wiegte sich in den Hüften. Er drehte seine große Zehe ziemlich geschwind im Kreise. Offensichtlich war er in seine Idee verliebt. So saß er eine ganze Weile. Dann schnellte er plötzlich den Oberkörper nach vorn. »Habt Ihr eine Frage? – Oder nicht?«

»Sire«, fragte Achmet, »sollen es Stuten oder Hengste sein?«

Agba wartete so atemlos auf das, was der Sultan antworten würde, daß ihn sogar das Brummen der Bienen und Fliegen störte.

»Hengste!« befahl der Sultan. »Hengste, die viele Söhne bekommen sollen. Und nicht einmal zwei davon«, fügte er mit lächelnd gekräuselten Lippen hinzu, »und nicht einmal zwei davon dürfen die gleiche Farbe haben. Einer soll kastanienbraun sein, dunkel im Ton, einer ein Falbe, einer grau, von dem Grau der Waldtauben, Schweif und Mähne silbrig. Einer soll so weiß sein wie die Fahne, die zur Stunde des Gebets über der Moschee weht. Und einer soll so schwarz sein wie die sternenlose Nacht ... einer ...«

Das Blut sauste in Agbas Ohren. Wußte Mulai Ismael denn nicht, daß von allen Pferden ein Brauner das schönste Feuer hatte?

Der Sultan senkte seine faltigen Augenlider. Er lehnte sich so weit zurück, daß sein Turban die blaue Ziegelwand in seinem Rücken berührte. Tiefe Stille lag über dem Garten.

Der königliche Fliegenfänger sprang auf, um eine Fliege zu verjagen, die sich eben verwegen auf einem Fuß des Sultans niederlassen wollte.

»Und einer«, sagte der Sultan endlich mit einer Stimme, die von weither zu kommen schien, »und einer soll die Lieblingsfarbe des Propheten haben.«

Jetzt hämmerte Agbas Herz. Er dachte an das weiße Zeichen auf Shams Hinterhuf. Nur Sham war eines Königs würdig. Nur Sham ...

Der Sultan reckte sich. Er zog seine Augendeckel wieder hoch. »Das sechste Pferd soll braun sein, nicht dunkel, nein, von der hellen, braunen Farbe, die manchmal wie Gold schimmert. Ein braunes Pferd! Wenn es unter der Sonne dahinfliegt, soll es sein wie der Wind.«

Diesmal war Agbas Seufzer so tief, daß der Schwertträger und alle anderen Wächter ihn ansahen.

Auch der Sultan guckte scharf zu ihm hinüber. »Die Farbe«, fuhr er dann fort, »ist nur ein Merkmal. Ich wünsche, daß nur vollendet schöne Pferde aus meinen königlichen Ställen ausgesucht werden. Signor Achmet, Ihr laßt also alle Pferde in meinen Ställen ausmessen. Das macht Ihr so: Beim Rist angefangen, zählt Ihr, wieviel Handflächen Ihr bis zum Schweif nebeneinanderlegen könnt. Dann meßt Ihr ebenso vom Rist den Nacken entlang über den Kopf hinweg das Gesicht hinunter bis zur Oberlippe. Wenn der vordere Teil mehr mißt als der hintere, wird das Pferd sausen wie der Wind, klettern wie eine Katze und es sehr weit bringen.«

Agbas Gedanken bekamen Flügel. Er glaubte sich schon mit Sham in Frankreich. Aber er sah nicht den jungen König auf Sham reiten. Nein, Ludwig XV. bestieg einen Falben. Sham duldete ja nur Agba im Sattel. Und so ritten sie zusammen. Agba auf Sham und der König auf dem Falben im Galopp durch grüne Wälder.

Agbas Traum endete jäh. Der Sultan klatschte in seine schwammigen Hände. Das klang, als ob Hufe in einen Sumpf hineinstampften. Gleich kam ein weißgekleideter Schreiber hinter dem Thron hervor. Er war ein zusammengeschrumpftes Männlein, das eilfertig ein Tintenfaß, einen Federhalter, einen Bogen Papier und ein weißes, seidenes Säckchen herbeitrug.

Mit einem Wink befahl ihm der Sultan, auf einem kleinen Kissen Platz zu nehmen. Der Schreiber setzte sich blitzschnell, stippte die Feder in die Tinte, hielt horchend die Spitze in die Luft und wartete auf die Worte des Sultans.

»An den höchstedlen, höchstmajestätischen König Ludwig XV.«, begann der Sultan. »Daß Ihr alt werden möget an Jahren wie Methusalem, ist der Wunsch meines Herzens.«

Das Geräusch der kratzenden Feder kribbelte Agba den Rücken hinauf und hinunter. Niemals zuvor hatte er einen Menschen schreiben sehen. Der Sultan kaute so an allen Worten herum, als ob ihm jedes köstlich schmeckte. »Der Überbringer dieses Briefes«, fuhr er fort, »ist Stallmeister in meinem Dienst, im Dienste Seiner Majestät Mulai Ismael, des Sultans von Marokko. Er kommt mit sechs arabischen Hengsten als Gabe für Eure Majestät. Diese Pferde sind Söhne der Wüste, stark und schnell und von reinstem östlichem Blut. Sie stammen ab von Stuten, die Mohammed, dem Propheten, selbst gehörten. Von nun an werden sie Euer sein. Nehmt sie, um mit ihnen die Rasse Eurer Pferde zu verbessern. So wird sich Eure Zucht heben.«

Der Sultan ließ seine Augen über die Stalljungen hinschweifen. »Sechs kleine Pferdeknechte«, sagte er, und jedes Wort klang scharf, »werden die sechs Hengste begleiten. Jeder Junge wird für sein Pferd sorgen und es betreuen, solange es lebt. Erst wenn das Tier stirbt, darf der Pfleger nach Marokko zurückkommen!«

Agba hörte nicht mehr, wie es weiterging. In seinem Innern dröhnte es wie wilder Trommelwirbel. »Solange das Pferd lebt! Solange das Pferd lebt!«

Der Sekretär beendete den Brief und las ihn laut vor.

»Etwas fehlt«, sagte der Sultan. »Setze das Wort ›mein‹ vor Respekt. Und nun befehle ich dir, den Brief mit dem Siegel des Sultans Mulai Ismael zu versehen.«

Beflissen setzte der Schreiber das Wörtchen »mein« an die angegebene Stelle. Dann öffnete er das weiße, seidene Säckchen und schüttete den Inhalt vor sich auf das Kissen – ein Stück rotes

Wachs, ein Siegel und ein Endchen seidener Schnur. Ein kleiner Sklave stand so plötzlich neben dem Sekretär, als wäre er ebenfalls aus dem Säckchen herausgeschüttelt worden. Er hielt dem Schreiber eine Kerze hin, mit deren Hilfe der Siegellack zum Schmelzen gebracht wurde. Agba beobachtete, wie der Mann einen roten Tropfen auf das Papier fallen ließ und das Siegel darauf drückte. Dann preßte der Schreiber den Brief an seine Stirn, küßte das Schreiben, rollte das Papier zusammen und band die seidene Schnur darum.

Der alte Mulai Ismael strahlte vor Zufriedenheit. Der Oberhofmeister und Ratgeber des Königs von Frankreich würde sich begeistert die Hände reiben über ein Geschenk von sechs arabischen Hengsten. Jedes der Pferde war imstande, große Preise im Rennen zu gewinnen.

Die kleinen Augen des Sultans glänzten in Erwartung der Geschenke, die er sicher als Gegengabe empfangen würde. Fässer voll Rotwein, Kaffee, Tee und Brokat, eine königliche Kutsche. Kein Zweifel! Aber das wichtigste war, daß der Oberhofmeister weiterhin seine Augen verschließen würde gegenüber der blutigen Herrschaft des Sultans.

Mulai Ismael war guter Laune. Er winkte den Teebereiter herbei. Mit einem Schlage war der Garten in eitel Geschäftigkeit verwandelt. Aus allen Richtungen kamen kleine Sklaven. Ein paar von ihnen begannen des Sultans Hände zu waschen. Sie

besprengten seinen Turban, seinen Bart, seine Schultern und seine Füße. Andere brachten einen flachen Tisch, über den eine Art Decke aus Palmenblättern gebreitet war.

Der Teebereiter nahm die Hülle ab, und – siehe da – eine goldene Teekanne kam zum Vorschein. Sie glitzerte hell in der Frühlingssonne und sandte kleine Ströme von Wasserdampf in die Luft. Der Mann schüttete ein Häufchen Tee in die Kanne, tat Ingwer, Gewürznelken, Minze, Thymian und viele Stücke Zucker dazu. Dann ging er zur Sonnenuhr und beobachtete, wie lange der Tee zog.

Der Duft des Getränkes erfüllte den Garten. Die engen Nasenlöcher des Sultans weiteten sich. Die Stalljungen schnüffelten hörbar.

Auf ein Nicken des Teebereiters kostete der erste Wächter den Tee. Er nahm noch einen zweiten Schluck und wischte den Bart an seinem Mantel ab. Der Tee war nicht vergiftet.

Mulai Ismael langte nach seiner Tasse. »Gib!« kommandierte er. Er trank drei Tassen schnell hintereinander leer. Dann schlürfte er behaglich eine vierte. Schließlich befahl er, daß jeder im Garten Tee bekommen sollte.

Agba bewunderte die schöne Farbe des Getränkes. Der Tee glänzte wie Bernstein.

Der Sultan ließ seine Augen über die Stalljungen wandern und machte bei Agba halt.

»Du! Komm mal her zu mir!« befahl er.

Agbas Teetasse fiel auf den Steinboden und zerbrach.

»Komm mal hierher zu mir«, wiederholte der Sultan. Seine schrille Stimme schnappte über.

Agba preßte das Amulett fest an seine Brust und ging vorbei an Signor Achmet, vorbei an dem hockenden Schreiber, vorbei an den Offizieren und Wächtern, bis er so nah vor dem Sultan stand, daß er das orientalische Duftwasser, mit dem dessen Kleider benetzt waren, riechen konnte. Der satte, süße Geruch machte ihn elend.

»Der König von Frankreich ist ungefähr in dem Alter wie dieser Junge«, bemerkte der Sultan. Er sah Agba fest an. »Wie alt bist du?«

Schwer lastende Stille war die Antwort.

»Sprich doch! Wie alt bist du?« wiederholte der Sultan mit vor Ärger rauher Stimme. Wieder folgte nichts als tiefe Stille.

Die Hand des Sultans packte den Dolch, der an seinem Gürtel hing. Er preßte ihn so fest, daß seine Knöchel weiß hervortraten.

Kalter Schweiß brach dem kleinen Agba aus allen Poren. Er öffnete seinen Mund. Aber kein Laut kam heraus. Nicht ein einziger Laut.

Plötzlich raschelte Signor Achmets Mantel.

»Euer Majestät«, begann er zögernd, »darf ich sprechen?«

»Sprich, aber schnell«, sagte der Sultan und zog seinen Dolch. Signor Achmets Stimme klang gepreßt. »Der Stalljunge – Agba – er kann nicht sprechen.«

»Was?«

»Sehr wohl, Sire.«

Jetzt schnappten sogar die Pferdejungen nach Luft. Das hatten ja selbst sie noch nicht gewußt, daß Agba stumm war. Aber sie erinnerten sich jetzt, daß er ihre Fragen immer nur mit seinen feurigen Augen, mit seinen dünnen Händen, seinen Schultern, seinen Augenbrauen oder auch mit Stillschweigen beantwortet hatte.

Signor Achmet nickte: »Der Junge ist stumm.«

»Kann er ein Pferd pflegen?«

»Sehr gut sogar, Euer Majestät.«

»Dann befehle ich Euch, ihn mit an den Hof von Versailles zu nehmen. Ein Junge, der stumm ist, kann nichts ausplaudern.« Mit einer ungeduldigen Bewegung stieß der Sultan den Dolch wieder in die Scheide. Dann schaute er nach dem Stand der Sonne und verabschiedete Signor Achmet mit einem kurzen Zeichen.

Agba stand still. Er hatte keine Kraft mehr, sich zu rühren. Jedoch die Audienz war zu Ende. Signor Achmet schlug ihm leicht auf die Schulter. Zusammen mit dem Stallmeister und den Stalljungen verbeugte sich Agba tief vor dem Sultan. Rückwärts gehend verließen sie den Garten.

Erst als die aufgeregte Schar das letzte Tor erreichte, ließ Agba das Chamäleon an seiner Brust los. Es fiel ihm auf, daß die Füße der kleinen Gesellschaft nicht länger plop, plop, plop, plop auf den Boden klatschten. Die Schritte der Jungen waren jetzt so leicht und frei, daß man sie gar nicht mehr hörte.

Die anderen Pferdejungen schwatzten aufgeregt durcheinander, als sie in ihre Ställe gingen. Agba dachte nur an Sham.

Kapitel 8

Sham wird von Agba gemessen

Erst kurz vor dem Sonnenuntergang fand Agba einen Augenblick Zeit, um Shams Maße zu prüfen. Mit klopfendem Herzen legte er den Rücken des Pferdes entlang Handfläche an Handfläche bis zum Schweif. Er machte eine kleine Pause. Eins! behielt er im Sinn. Er führte die rechte Hand neben die linke. Zwei! Er kreuzte die linke über die rechte. Drei! Er brachte die rechte Hand wieder neben die linke. Vier! Jedesmal spreizte er dabei die Finger, um seine Hand so breit wie die von Signor Achmet zu machen.

Bis zum Rist zählte er fünfzehn. Erregt legte er seinen Kopf an Shams Nacken. Er wagte nicht, weiterzumessen.

Was sollte daraus werden, wenn die Entfernung vom Rist bis zum Maul bei Sham weniger als fünfzehn ausmachte? Oder nur gerade fünfzehn? Tausend schreckliche Gedanken jagten dem Jungen durch den Kopf. Sham zurücklassen? Unmöglich! Er sah ihn schon von anderen Stalljungen mißhandelt. Eine Peitsche auf seinem Rücken! Sporen in seinen Rippen! Der Sand im Stall verschmutzt!

Jetzt stupste Sham Agbas Schulter. Das Pferd rieb die Nase an dem rauhen Mantel des Jungen. Agba reckte sich. Die Entscheidung konnte nicht länger hinausgeschoben werden. Signor Achmet würde gleich dasein. »Wenn die Sonne untergeht, komme ich zu dir«, hatte er gesagt.

Im ganzen königlichen Stall sind nur vier Braune im Goldton. Drei davon habe ich schon gemessen. Einer genügt den Ansprüchen. Sein hinteres Teil ist fünfzehn Handbreit, das vordere Teil achtzehn, überlegte der Junge.

Agba fing wieder an zu messen. Mit zitternden Fingern legte er die rechte Hand auf Shams Rist. Eins! Die linke Hand daneben. Zwei! Rechts und links ausgewechselt. Drei! Links wieder neben rechts. Vier! Rechts, links. Fünf, sechs. Zwölf – bei der Kruppe.

Fünfzehn – bei den Ohren.

Nun über den Kopf weg und das Gesicht hinunter. Rechts, links, sechzehn, siebzehn.

Rechts, links. Achtzehn, neunzehn. Neunzehn an der Oberlippe!

In diesem Augenblick fühlte Agba den Knotenstock auf seiner Schulter. Er flog herum und stand Auge in Auge mit Signor Achmet.

Der nickte eifrig. »Jawohl!« sagte er. »Dieser hier ist ausgewählt. Er übertrifft um eine Handbreit die besten Pferde im Stalle. Sein Nacken ist so lang, daß er sich im Rennen weit vorstrecken kann.«

Der Signor machte kehrt und war gleich darauf verschwunden. Agba machte schleunigst die Stalltür hinter ihm zu. In wildem Entzücken küßte er das weiße Zeichen an Shams hinterem Huf. Dann sprang er auf den Rücken des Pferdes, umfaßte dessen Nacken mit beiden Armen und ritt im Stall rundherum, bis er und das Pferd schwindlig wurden.

Die sieben Tage bis zur Abreise verflogen im Nu. Agba machte einen Futtersack aus seinem Turban, damit Sham sich schon jetzt an diese Art zu fressen gewöhnen könnte. Auf der Reise nach Tanger würde es ja nicht anders gehen. Er trainierte mit ihm. Jeden Tag vergrößerte er die Rennstrecke. Auch brachte er ihn zum Schmied. Besorgt beobachtete er, wie der muskelstarke Mann Messer und Hammer nahm und Sham Hufeisen anprobierte. Beide, er und Sham, waren schweißbedeckt, als die Arbeit endlich getan war.

In der letzten Nacht, die sie in des Sultans Ställen verbrachten, machte Agba kaum ein Auge zu. Immer wieder sprang er aus der Hängematte und prüfte den Inhalt der beiden großen Satteltaschen. Es durfte doch nichts vergessen werden, weder der lederne Wasserschlauch noch der gute neue Futtersack, den Signor Achmet ihnen gegeben hatte. Auch nicht die gute Kamelhaardecke für den Sattel und der irdene Krug mit ranziger Butter. Sie nannten dieses Fett, mit dem Shams Beine eingerieben werden sollten, »budra«. Schließlich mußte auch der Fliegenwedel, den Agba aus den Schwanzhaaren des Pferdes gemacht hatte, mit auf die Reise genommen werden.

Die Sterne erloschen schon, als Agba endlich einschlief.

Kapitel 9

Salem aleikum!

Als die Morgendämmerung vom Atlasgebirge herunter nach und nach das Meknestal mit langen Lichtstreifen füllte, war Signor Achmet mit den sechs Stallburschen auf ihren arabischen Hengsten schon auf dem Weg zum königlichen Palast.

Agba, der erste von den sechs Jungen, beobachtete die Sonne. Sie stieg hoch und immer höher, nahm ihren Lauf nach Süden und rückte dem Turm der Moschee näher und näher. Ihre äußersten Strahlen berührten beinahe schon die nadelscharfe Turmspitze.

Auch Signor Achmet sah nach dem Stand der Sonne. Für den Fall, daß er nicht auf die Sekunde genau zur Stelle wäre, hatte der Sultan ihm grausame Strafen in Aussicht gestellt. Darum beschleunigte er jetzt die Gangart seines Hengstes. Agba und die anderen Jungen brauchten ihre Pferde nicht anzutreiben. Sie trabten eifrig hinterher und warfen hier und da ungeduldig die Köpfe hoch. Eben glitt die Sonne hinter den Turm, da bewegte sich auch schon der Zug den steilen Hang, der zum Palast führte, hinauf.

In diesem Augenblick wurde die morgendliche Stille von vier Dudelsackpfeifern und vier Trommelschlägern jäh zerrissen. Die

Tore des Palastes flogen auf, und Mulai Ismael höchstpersönlich ritt den Ankömmlingen entgegen. Er schaukelte auf seinem Pferde hin und her wie ein Schiff auf hoher See. In seinem Gefolge drängte sich ein riesiger Schwarm – der Sonnenschirmträger, Fliegenfänger, Reitknechte, Steigbügelhalter, Sklaven und Fußsoldaten ohne Zahl.

Die Unruhe griff auf die Palastmauern über. Tausend Wächter nahmen Haltung an. Tausend Speere, gefährlich wie züngelnde Schlangen, blitzten auf und wurden hochgeschleudert. Tausend Kehlen überschrien die Trommeln und Dudelsackpfeifer: »Allah, segne das Leben unseres Sultans!«

Signor Achmet und die Stalljungen verbeugten sich so tief, daß sie mit den Nasen die Mähnen ihrer Pferde streiften. Ohne ihre Begrüßung zu erwidern, fegte die königliche Reiterschar an ihnen vorbei den Abhang hinab durch die Reihen der Wächter hindurch und hielt auf die Stadttore zu.

Signor Achmet und die Pferdejungen schlossen sich dem Zug an. Sie ritten durch die engen Straßen der Stadt. Käufer und Verkäufer, Heilige und Bettler nahmen diese Parade ab. Verschleierte Frauen erschienen neugierig auf den Dachgärten und mischten ihre Rufe in den Lärm der Trommeln und Dudelsackpfeifer.

Disharmonisch klang die Musik, aber sie war rhythmisch scharf und erregend. Die Pferde liefen im Takt. Die seidenen Taschentücher der Fliegenfänger flogen im gleichen Rhythmus, und selbst der königliche Sonnenschirm wippte im Takt.

Als der Zug den Markt überquerte, fühlte sich Agba am Mantel gezogen. Er guckte aus den Augenwinkeln und sah den zahnlos grinsenden Mund des Kameltreibers.

Agba zeigte mit einem Lächeln, daß er den Mann erkannte. Daraufhin rief der Kameltreiber begeistert heißa und hußassa und streckte seine Arme zum Himmel empor, so als ob er zeigen wollte, daß dieser Augenblick, der ihn an Agbas Triumph teilnehmen ließ, genug Belohnung sei für die Kamelmilch, die er einst dazu gestiftet hatte.

Schließlich erreichte der Zug die Außenmauer der Stadt. Die Musik schwieg plötzlich. Die Menge stand still, als der Sultan, von seinen Dienern unterstützt, vom Pferde stieg. Schaukelnd wie ein Kamel, trottete er auf die sechs Hengste zu und legte jedem Tier ein seidenes Beutelchen um den Hals, ein dunkelrotes für den kastanienbraunen Hengst, ein beigefarbenes für den Falben, ein graues Täschchen für den Apfelschimmel, ein weißes für den Schimmel, ein schwarzes für den Rappen, und für Sham hatte er ein goldenes Beutelchen.

Des Sultans schrille Stimme durchdrang die Stille.

»Diese Beutel«, sagte er, »enthalten die Stammtafeln jedes einzelnen Hengstes. Außerdem sind darin Amulette von geheimnisvoller Kraft, die eure Pferde vor den Bissen der Skorpione und gegen böse Geister schützen werden. Hütet diese Gabe wohl! Der König von Frankreich und der Oberhofmeister werden daran meine Herrlichkeit und Größe erkennen.« Er schlug an seine Brust und grinste, daß seine Augen hinter den fetten Augenlidern fast verschwanden.

»Reitet mit der Sonne!« rief er großartig. »Reitet in Regen und Wind, Allah segne euch! Reitet über die goldenen Höhen des Atlasgebirges. Reitet durch grüne Täler und reiche Ebenen. Kreuzt Flüsse und Ströme. Und wenn ihr die Provinzen von Errif und El Garb hinter euch gelassen habt, dann schifft euch in Tanger ein und segelt über die blauen Wasser. Reiset in Frieden und Sicherheit, damit der König von Frankreich und der Oberhofmeister meine Herrlichkeit erkennen mögen.«

Er wandte sich Signor Achmet zu. Seine Stimme schnappte über. »Gebt Eurem Pferd die Sporen!« schrie er. »Salem aleikum! Lebt wohl!«

»Salem aleikum!« schrie Signor Achmet zurück. Dann spornte er sein Pferd an, schwenkte herum und ritt zum Tor hinaus, gefolgt von den sechs Hengsten, den schönsten und reinblütigsten, die je im Königreich Marokko gezüchtet worden waren.

Im Nu waren Reiter und Pferde auf und davon und befanden sich nun auf dem Weg zu ihrem Schiff.

Der Sultan kehrte mit zufriedenem Grinsen wieder in seinen Palast zurück und bildete sich ein, daß seine Pläne herrlich in Erfüllung gehen würden. Wie konnte er ahnen, daß der Kapitän des Schiffes das Geld, das er ihm zum Einkauf von Hafer und Gerste für die Pferde zur Verfügung gestellt hatte, in die eigene Tasche steckte und die Säcke mit Stroh füllte, daß der Schuft die Stalljungen bei stürmischer See zwang, die Segel zu bedienen und daß er den Jungen wochenlang nur Wasser und Brot vorsetzte!

So kam es, daß die Leute des Sultans alle bis auf die Knochen abgemagert waren, als sie schließlich die Küste Frankreichs erreichten.

Kapitel 10

Der königliche Knabe

Genau vier Wochen später kam Signor Achmet mit seiner kleinen Schar am Hofe von Versailles an. Der Oberhofmeister und Ratgeber des Königs war gerade bei der Morgentoilette. Eben bewunderte er andächtig sein eigenes Bild im Spiegel, als plötzlich neben ihm in dem geschliffenen Glas das affenähnliche Gesicht des königlichen Reitknechts auftauchte.

»Gnädigster Herzog! Oberhofmeister!« keuchte der Groom. »Ich habe Neuigkeiten! Neuigkeiten!«

»Was hast du hier zu suchen?« Die Stimme des Herrn klang eisig. »Brennt's etwa im Stall?«

»O nein, mein Herr!«

»Was könnte es denn sonst geben?«

Und der Oberhofmeister prüfte mit einem langstieligen Handspiegel, ob seine Perücke im Nacken auch richtig säße.

Der zwergenhafte Reitknecht zitterte vor Aufregung.

»Nun, Herr, es ist ein Geschenk eingetroffen für Seine Majestät, den König. Sechs Pferde, Herr! Sie sind schon im Stall!«

»Ha! Sieh einer an!« höhnte der Oberhofmeister. »Hundert Pferde stehen im königlichen Stall, und da kommst du und störst mich bei der Toilette mit deiner lächerlichen Nachricht von nur sechs neuen.«

»Aber, Herr, sie haben über Land und Meer eine weite Reise gemacht, sie kommen von . . .«

»Halt deinen Mund!«

Der Oberhofmeister wandte sich an den königlichen Perückenmeister. »Ich möchte vierzig Locken mehr haben«, sagte er, und rollte die Worte auf der Zunge, als koste er eine französische Pastete. »Zwanzig Locken mehr auf jeder Seite, damit die Frisur wirkt wie künstliche Taubenflügel. Was halten Sie davon?«

Der Perückenmeister hob die Finger seiner rechten Hand, als ob er eine kostbare Teeschale hielte. »Exactement«, dienerte er. »Vierzig müssen es sein! Zwanzig an jeder Seite. Es wird mein Meisterwerk werden.«

Er streifte dem Oberhofmeister die neue Perücke ab und setzte ihm die alte wieder auf, die nach der Meinung des Reitknechts eigentlich genauso aussah.

Der Herzog wandte sich wieder an den Groom. »Woher, sagtest du, kommen die Pferde?«

»Ich habe noch nichts gesagt, mein Herr.«

»Los! Sprich!«

»Von Afrika, Herr. Von Marokko. Der Überbringer der Gabe und die sechs Stalljungen wollen nicht aus dem Stall heraus.«

»Was? Was heißt das?«

»Sie stehen da und wollen nicht weichen. Der Anführer hat einen Brief, und den will er keinem anderen als dem Oberhofmeister oder Seiner Majestät, dem König, geben.«

Auf den Zehenspitzen schlich der Groom um den Perückenmeister herum und brachte sein Gesicht nah an das Ohr des Oberhofmeisters. »Ich dachte, daß Sie, Herr Oberhofmeister, vielleicht wissen möchten, ob das Pferd für den König bereitsteht. Nun – es ist bereit! Der König wird schon in wenigen Minuten zur Jagd aufbrechen, und da meinte ich« – fuhr der Bursche mit einem breiten Grinsen fort –, »Sie könnten vielleicht Lust haben, vor Seiner Majestät im Stall zu sein, um vor ihm den Brief in Empfang zu nehmen.«

Der Herzog berührte mit seiner juwelengeschmückten Hand anerkennend die Schulter des Grooms. Dann sprang er auf, warf in der Eile einen kleinen Schminktisch um, setzte seinen Federhut auf und hastete zu den Ställen. Der Pferdejunge folgte ihm dicht auf den Fersen.

Der Oberhofmeister hatte Mulai Ismaels Brief schon in der Hand, als Ludwig XV., von zwanzig Höflingen begleitet, im Stall erschien. Ein großes Schweigen war mit ihm hereingekommen. Der einzige Laut in dem hochgewölbten Raum kam von Sham, der eine Fliege von seinem Fell verjagte.

Der junge König schien wie erstarrt von dem mitleiderregenden Bild, das sich ihm bot. Langsam musterten seine Augen ein Pferd nach dem anderen und blieben dann an Signor Achmet und dem Leitpferd hängen. Die Tiere waren alle sorgsam gestriegelt, aber so knochig, daß man ihre Rippen zählen konnte. Und neben jedem dieser ausgemergelten Kreaturen stand ein zerlumpter Stalljunge und hielt sein Pferd an der Leine.

Der König war ungefähr so alt wie die Jungen. Aber das war auch die einzige Ähnlichkeit zwischen ihnen, denn Seine Majestät trug hohe, glänzendpolierte Stiefel mit goldenen Sporen; seine Hosen und sein Rock waren aus Samt. Die Pferdejungen dagegen waren barfuß, und ihre Beine waren mit blaugrünen Striemen bedeckt, die sie von dem langen Ritt über Land bekommen hatten. Ihre Körper steckten in rauhen Mänteln mit Kapuzen.

Agba war froh über seine Kapuze. Er fühlte sich darin wie eine Schildkröte in ihrer Decke. Man konnte darunter hervorlugen und hatte das Gefühl, selbst nicht gesehen zu werden. Er wußte nicht, daß im Dunkel der Kapuze seine Augen wie glühende Funken wirkten.

Der Oberhofmeister räusperte sich und verbeugte sich tief. »Eure Majestät«, säuselte er, »werden den Brief vielleicht wichtig finden. Ich weiß noch nicht, was er besagt.«

Ludwig XV. schaute durch den Oberhofmeister hindurch, als ob er ihn nicht sähe.

»Lest ihn vor«, sagte er geistesabwesend und ließ kein Auge von den Jungen und den Pferden.

»Er trägt das Siegel Mulai Ismaels«, bemerkte der Herzog, indem er die seidene Schnur löste und das rote Siegel aufbrach. Flüchtig murmelte er die schmeichlerischen Anfangssätze des Briefes herunter. Dann las er langsamer.

»Der Überbringer dieses Briefes kommt mit sechs arabischen Pferden als Gabe für Eure Majestät. Diese Söhne der Wüste sind stark und schnell!«

Laut lachte der Oberhofmeister. »Wirklich, Eure Majestät, das ist zu komisch. Der Sultan bezeichnet diese knochigen Gestelle als stark und schnell und von reinstem östlichem Blut. Verzeihung, Eure Majestät, aber das bringt mich wirklich zum Lachen.«

Eine Wolke ging über des Königs Gesicht. »Lest weiter!«

»Sehr wohl. Sie stammen ab von Stuten, die Mohammed, dem Propheten, gehörten!« Die Stimme des Herzogs war nun voller Hohn und Verachtung. »Von nun an – heißt es hier in dem Brief weiter –, von nun an mögt Ihr sie nehmen, um mit ihnen eine bessere Pferderasse aufzuziehen. Sie werden Eure Zucht kräftigen und aufbessern.«

Der Groom führte in diesem Augenblick des Königs Reitpferd vor, einen kräftigen Wallach, fast noch einmal so groß wie die arabischen Pferde. Von seiner Höhe guckte er auf die sechs Hengste hinab und wieherte schrill.

Der Oberhofmeister bog sich vor Lachen. »Hören Eure Majestät nur! Da müssen selbst die Pferde lachen! Ich nehme doch wohl an, daß Ihr diese Sandstieber in die Wüste zurückschicken werdet, wohin sie gehören. Diese knochigen Besenstiele.«

Agba ballte die Fäuste. Zwar verstand er kein Wort von der fremden Sprache, aber er fühlte, daß der Mann über Sham und die anderen Pferde lachte. Seine brennenden Augen suchten die des Königs. Er hätte ihm so gern erzählt, daß die Pferde nur deshalb heruntergekommen wären, weil sie eine so schreckliche Reise gehabt hätten, und daß sie bald wieder glatt und schön aussehen würden. Er wollte ihm sagen, wie schnell sie wären und wie tapfer.

»Einen Boten zu Bischof Fleury!« befahl der König seinem Pferdejungen. »Sag ihm, daß der König ihn erwarte.«

Die Höflinge, die hinter dem König herumstanden, holten tief Atem. Diese Sache hier wurde offenbar ein spannendes Schauspiel. Der erste Akt war vorüber. Nach einer kleinen Pause würde der zweite beginnen.

Der Oberhofmeister nutzte die Unterbrechung auf seine Weise aus. Er nahm eine winzige Schnupftabaksdose aus der Tasche, fuhr mit einem silbernen Miniaturlöffelchen hinein und führte damit in jedes Nasenloch eine Portion Schnupftabak.

»Eure Majestät«, sagte er, indem er seine Nase rieb und vernehmlich schnaufte, »Mulai Ismael beleidigt die Pferde Frankreichs. Ja, er beleidigt sogar Euer eigenes Pferd. Aber was noch schlimmer ist, er beleidigt damit Eure Majestät persönlich.«

Mit schiefem Gesicht ließ er seine Augen wandern von dem

kastanienfarbenen Hengst über den Apfelschimmel zu dem Rappen und von da zu dem Falben und zu dem mondfarbenen Hengst. Als er bei Sham anlangte, stoppte er. »Eine Ungeheuerlichkeit.« Mit tiefem Abscheu spuckte er das Wort aus seinem Mund. »Nichts als Haut und Knochen. Und die Kruppe so hoch, daß man seinen Hut daran aufhängen könnte! Pfui! Bah! Pfui!«

Sein Gesicht schrumpfte zusammen wie eine Backpflaume. Aber jetzt platzte die Backpflaume, denn der ganze Stall erzitterte von dem Niesen des Oberhofmeisters.

Sham wirbelte aufgeregt herum. Und zu Agbas Entsetzen landete dabei einer von Shams Hinterhufen auf dem großen Zeh des Oberhofmeisters.

Schnell wie der Blitz hob Agba Shams Fuß. Er konnte aber trotz allem kaum ein Lächeln unterdrücken, als er sah, daß es gerade das Bein mit dem weißen Zeichen war, das zugetreten hatte.

Mit einem wilden Aufschrei haschte der Oberhofmeister nach seinem Fuß und hopste auf dem anderen im Stall herum wie ein einbeiniger Vogel.

»Hilfe! Hoho – Hilfe!« schrie er, während Höflinge und Pferdejungen nur mühsam ihr Kichern verbargen. Agba schien es, als ob auch über das Gesicht des Königs ein Lächeln ginge, aber er war nicht ganz sicher.

Bischof Fleury kam nun herbei. Agba liebte ihn sofort. Der Bischof hatte freundliche blaue Augen und trug keine Perücke. Die Zeit selbst hatte sein Haar weiß gefärbt. Jetzt verbeugte er sich zuerst vor dem König, wandte sich dann an den Oberhofmeister, wobei sich seine Augen langsam zusammenzogen, weil auch er nur mühsam das Lachen unterdrücken konnte.

»Was gibt's denn, Oberhofmeister? Was gibt es hier?« fragte er.

Auf das Gesicht des Herzogs zeichnete der Ärger rote Flecken.

»Dieser – dieser dämliche, kamelartige Klepper!« stammelte er. »Er hat meinen Zeh zerquetscht. Und das tollste ist, daß er es absichtlich getan hat und . . .«

»Der Brief des Sultans«, unterbrach ihn der König. »Ich möchte, daß Ihr ihn dem Bischof zeigt.«

»Lesen Sie ihn mir vor, Oberhofmeister«, sagte Bischof Fleury. »Meine Augen lassen nach.«

Der Oberhofmeister las das Ganze noch einmal und ließ nichts aus. Schließlich sagte er: »Ich bitte um Verzeihung, Bischof Fleury, aber ich möchte bemerken, daß die Ernte in diesem Jahr schlecht ausgefallen ist. Korn ist rar. Ich rate darum dem König, diese kleinen Klepper nach Afrika zurückzuschicken.« Sein Auge suchte jetzt Sham. »Außer diesem einen«, sagte er. »Der Küchenchef braucht ein Karrenpferd für seine Einkäufe auf dem Markt.«

Fragend sah der König den Bischof an.

»Mein Sohn«, sagte der Bischof, während seine Hand sanft den Kopf des königlichen Knaben streichelte. »Bitte, mein Sohn, seht Euch Euren Stall voll von Pferden an. Und auch Euer Lieblingspferd! Wie stark es ist! Und wie kräftig sind seine Glieder! Die Araber dagegen sind klein und schwächlich. Und außerdem ist das Korn in der Tat rar. Warum wollt Ihr nicht wirklich das Tier mit der hohen Kruppe dem Küchenchef überlassen? Es kann den Küchenkarren zum Markt ziehen und sich auf diese Weise nützlich machen. Die anderen Pferde könnten der Armee zugeführt werden. Auch da braucht man Lasttiere. Dann haben die Tiere auch viel weniger Futter nötig, als wenn sie zur Jagd bestimmt wären.«

Agbas und des Königs Blicke begegneten sich. Aber der König schlug seine Augen nieder. Er war nicht mächtig genug, um den Ratschlägen der Alten Einwendungen entgegenzusetzen. Still nickte er.

»Es sei so, wie Ihr sagt«, und ohne noch einen Blick auf die Hengste zu werfen, bestieg er sein großes Reitpferd und ritt davon.

Kapitel 11

»Die Küche der Diebe«

Agba und Sham waren die einzigen aus der arabischen Schar, die in den königlichen Ställen untergebracht wurden. Signor Achmet wagte nicht, nach Marokko zurückzukehren, weil er sich fürchtete, dem Zorn des Sultans zu begegnen. Er verleugnete seinen Stolz, blieb mit den anderen Pferdejungen zusammen und nahm in der französischen Armee eine bescheidene Stellung als Stallbursche an. Jedoch bevor er ging, nahm er Sham das Beutelchen ab, das der Sultan dem Pferd um den Nacken gehängt hatte und legte es Agba um den Hals.

»Bei dir, Agba, werden Stammtafel und Amulett mit größerer Sicherheit verwahrt sein«, sagte er und warf einen bezeichnenden Blick auf den Reitknecht des Königs.

In den nun folgenden Tagen wurde Sham wieder kräftig und munter, damit zugleich aber aufs äußerste mißtrauisch gegen jedermann außer Agba. Wenn Agba auf dem Kutschbock saß, zog Sham so stolz und kühn zum Markte, daß die Vorübergehenden aufmerksam wurden und ihm bewundernd nachsahen. Er stolzierte einher zwischen den Ständen der Erbsen- und Artischockenhändler, als ob er im Königshof Hohe Schule ritte. Er schien das kümmerliche Pferdegeschirr und den unwürdigen

Karren, den man ihn ziehen ließ, gar nicht als Erniedrigung zu empfinden, sondern benahm sich, als ob er purpurfarbene Schabracken trüge und die Kutsche Seiner Majestät zöge.

Aber wenn der Küchenchef nur wagte, die Leine zu berühren, biß Sham sich fest und lief dann, wohin es ihm gefiel. Kein Peitschenschlag brachte ihn zur Vernunft. Mit offenem Mund stand das Volk auf dem Markt und war erstaunt über Shams Temperament. Im stillen bewunderten die Leute die stolze Art, mit der das Pferd die Peitschenschläge des Kochs verächtlich hinnahm. Da war zum Beispiel die dicke Apfelfrau, die ihre Äpfel immer mit der Schürze blank rieb. Sie machte es sich bald zur Gewohnheit, an jedem Markttag zwei von ihren dicksten Äpfeln zu verwahren – einen für das feurige kleine Pferd und den anderen für den stillen Jungen. Sogar der Süßwarenhändler hielt an den Tagen, an denen Sham zu erwarten war, ein Stückchen Torte zurück. Und der Bauer, der die schönen weißen Rüben verkaufte, ließ sich von seiner Frau ein Säckchen extrafeiner Rüben zurechtmachen, damit er auch etwas für Sham hätte.

Eines Tages aber wollte der Küchenchef unbedingt allein zum Markt fahren. Er hatte vor, ein besonders delikates Spanferkelchen für das Geburtstagsessen des Königs auszusuchen. »Und«, so sagte er zu Agba, »ich brauche jedes bißchen Platz im Wagen für das lebende Schweinchen und die Würste, die Kartoffeln, die Pilze und Heringe und Eier und Küken und für alles, was ich sonst noch mitbringen will. Du wirst also in der Küche bleiben und in den Töpfen rühren.«

Nun, in Wirklichkeit erzählte der Küchenchef dem Jungen nur die halbe Wahrheit. Im Grunde genommen wollte er Agba los sein. Das war es eigentlich. Es ärgerte ihn, daß das Häufchen Elend von einem Jungen das Pferd regieren konnte, während er, der dicke Koch, nicht damit fertig wurde. Er dachte, daß er schon mit der Sache zurechtkommen würde, wenn er den Jungen nicht dabei hätte.

Wie sehr irrte er sich! Ohne Agba war Sham der Übermut in Person. Er wartete geduldig, bis der Wagen brechend voll gepackt war mit Gemüse, Fisch, Geflügel und einem lebenden Schweinchen. Dann ging er plötzlich los wie ein geölter Blitz, sprang hin und her zwischen den Marktständen, kippte den Karren um und warf die piepsenden Küken, die Heringe, die Eier und das quiekende Ferkel mitsamt dem zu Tode erschrockenen Koch in hohem Bogen durch die Luft auf das Pflaster.

Kinder schrien, Fischhändler, Marktfrauen und Gastwirte stoben und stolperten nach allen Richtungen auseinander. Sie fuchtelten wild mit den Fäusten und beschimpften den Koch wütend.

Als der Küchenchef endlich wieder auf seinen Füßen stand, war er zunächst so verdutzt, daß er nicht wußte, ob er zuerst das Pferd oder lieber das Ferkel einfangen sollte. Schließlich jagte er erst hinter dem einen und dann hinter dem anderen her und fing schließlich keins von beiden. Als aber die kleine dicke Apfeltante ruhig ihre Hand nach Sham ausstreckte, blieb das Tier gehorsam stehen. Das war mehr als der Koch ertragen konnte. Er war außer sich vor Wut.

»Mein Entschluß steht fest«, schrie er. »Jeder kann mit dem verrückten Tier auskommen, nur ich nicht. Ich verkaufe es auf dem Pferdemarkt!«

Die Pferdehändler nannten diesen Markt ganz anders, nämlich »die Küche der Diebe«. Niemand wußte so recht, woher die Pferde, die dort zum Verkauf angeboten wurden, kamen, und im Grunde genommen wollte es auch keiner so genau wissen. Man fragte nicht danach.

Hochrot im Gesicht und schwitzend brachte der Koch schließlich das Pferd in einen Schuppen, der zur »Küche der Diebe« gehörte. Sham war keinesfalls außer Atem. Im Gegenteil, er schien das Mißvergnügen des Küchenchefs ergötzlich zu finden.

Der Koch warf einen schnellen Blick nach rechts und links, aber in dem langen Schuppen war außer ihm kein Verkäufer und auch kein Käufer zu sehen. Er seufzte erleichtert, denn es lag ihm nichts daran, in seinem aufgelösten Zustand gesehen zu werden. Er mußte vermeiden, daß man darüber klatschte. Wenn die Geschichte mit dem verlorenen Schwein und dem durchgebrannten Pferd in der königlichen Küche bekannt wurde, konnte es um seine hohe Stellung geschehen sein. Bei der Tellerwäsche und beim Kesselschrubben würde das Küchenpersonal hinter seinem Rücken ohne Ende lachen und Spott treiben. Er mußte das Pferd ganz schnell verkaufen. Dem ersten besten Händler wollte er es gleich aufschwatzen.

Kaum hatte er die klebrigen Eierreste von seinem Überrock abgewischt, als ein Mann vorbeikam, der sehr kräftig aussah. Er hatte einen seltsamen Gang, denn eigentlich ging er gar nicht, sondern er schlich, ähnlich wie eine große Tigerkatze. Seinen Hut hatte er tief in die Stirn gezogen und schaute weder rechts noch links. Aber irgendwie spürte der Koch, daß dieser Mann sich nur aus einem einzigen Grund in der »Küche der Diebe« herumtrieb. Er brauchte ein Pferd.

Am Ende des langen Schuppens angelangt, machte der Mann kehrt, schlich wieder zurück und schüttelte den Kopf, so als ob ihm auffiele, daß irgend etwas nicht stimmte.

Der Küchenchef konnte das Gesicht des Mannes nicht sehen, aber er fand, der Kerl wirkte brutal; seine Hände waren groß und breit, seine Beine unförmig. Er hatte eine Pferdepeitsche in der Hand.

Wahrscheinlich ein Holzkarrenfuhrmann, dachte der Küchenchef. Sicher hausiert er mit Brennholz.

»Hm«, räusperte sich der Koch. »Brauchen Sie vielleicht ein Pferd, mein Herr?«

Der Mann unterbrach seinen Lauf.

»Nein«, schnarrte er und zog dabei seinen Hut noch tiefer über die Augen. »Ihr Preis ist mir zu hoch.«

»Aber Herr«, dienerte der Koch, »ich habe überhaupt noch nicht vom Preis gesprochen.«

»Euch Diebe kenne ich«, grölte der Fuhrmann. »Erst stehlt ihr die Pferde, und dann fordert ihr ein Vermögen dafür.«

Ein paar vorübergehende Müßiggänger und Faulenzer näherten sich den beiden und blieben neugierig stehen.

Der Koch dämpfte die Stimme. »Sagen Sie doch, was Sie zahlen können, lieber Mann. Wir werden dann schon einig werden. Wenn's sein muß, lasse ich Ihnen noch das Zaumzeug dazu und meinetwegen auch den leichtbeschädigten Wagen mit ein bißchen Gemüse drauf noch gratis obendrein. Das Pferd ist stark, bestimmt, das ist es!«

»Wozu dieses Geschwätz!« brüllte der Hausierer mit zurückgeworfenem Kopf. »Das Biest ist weder Pferd noch Pony, für das eine zu klein, für das andere zu hoch. Außerdem ist sein Nacken nicht in Ordnung, viel zu hoch. Eine Mißgeburt!«

»Aber, mein Herr«, schmeichelte der Koch, »aber, mein Herr, Sie haben doch das Tier noch gar nicht richtig angesehen.«

Jetzt merkte auch der Fuhrmann, daß die Neugierigen, die sich um sie herum zusammengefunden hatten, gespannt zuhörten. Er klopfte sich mit dem Peitschenstiel auf den Brustkasten und brüllte: »Hierher – alle meine Freunde –, nicht wahr, wir haben das ganze Spektakelstück gesehen! Ho! Ho!« schnarrte er. »Das Biest hat euch schön zum Narren gehalten, euer Schwein befreit und die Eier zertrampelt. Ho! Ho! Ho!«

Dann drängte er die Leute wüst zur Seite und fing an, in allen Taschen seines Anzugs herumzustöbern. »Ich gebe dir freiwillig diese Francs für den Klepper. Und dann will ich dem Biest mal ein paar Dingerchen beibringen.« Scharf ließ er die Peitsche knallen, um seine Worte wirksam zu unterstreichen.

Sham spürte den Peitschenknall neben sich niedersausen. Er zitterte, ging hoch und wieherte schrill.

Der Koch lachte hämisch. Shams Gefühle rührten ihn nicht. Er wollte um jeden Preis das Pferd loswerden. Es war ihm gleich, daß der Mann ein wüster Geselle war. Schnell schloß er den Handel ab, und der Fuhrmann nahm Sham mit.

Kapitel 12

Agba wird ein »Wecker«

Als der Küchenchef mit zerrissenen Kleidern und grimmigem Gesicht allein zurückkehrte, wußte Agba, daß Sham etwas Schlimmes zugestoßen sein mußte. Er war ganz außer sich vor Sorge. Wie ein Hündchen trottete er hinter dem Koch her, erfuhr aber nur, daß Sham noch in Paris sein mußte. Warum er fort war, und wo er sein konnte, erfuhr er nicht. Der Koch sah ungerührt über Agbas flehende Augen hinweg.

Schließlich wurde der Koch wütend darüber, daß ihm der Junge wie ein Schatten auf den Fersen folgte, und er stieß ihn zur Küchentür hinaus. »Du lästiges Anhängsel«, bellte er hinter ihm her. »Geh aus meinen Augen! Geh los und finde das Biest doch selber!«

Agba rannte nach Paris. Er lief über den Marktplatz, suchte den Pferdemarkt ab und guckte in die Ställe aller Herbergen. Tag und Nacht lungerte er suchend auf den großen Zufahrtsstraßen der Stadt herum. Er lebte von nichts anderem als von den Äpfeln, die ihm die dicke Obstfrau gutmütig schenkte. Wenn er wirklich einmal schlief, kauerte er sich auf einem Haufen Stroh zusammen, zufällig in dem gleichen Schuppen, in dem Sham verschachert worden war.

Eines Abends bot ihm ein Schokoladenhändler eine besondere Arbeit an. Er fragte Agba, ob er nicht ein »Wecker« werden wolle. »Du scheinst sowieso kaum zu schlafen«, sagte er zu Agba, »da könntest du dich doch wirklich dafür bezahlen lassen, daß du andere weckst. Außerdem siehst du mir aus, als ob dir ein Töpfchen voll dampfender Schokolade guttun könnte und auch hier und da ein freundliches Wort, um dein Herz aufzuwärmen.«

Agba war glücklich über die Arbeit. Die Schokoladenbude lag im Mittelpunkt vom Markt. Viele Käufer und Händler kamen, um sich dort zu stärken. Ob vielleicht einer von ihnen der neue Besitzer von Sham war?

Jeden Abend legte Agba sich nun im Schuppen beim Pferdemarkt zu einem kurzen Schlaf hin, rannte dann, lange bevor die Sonne aufging, zur Schokoladenbude, trank sein süßes Getränk und machte sich an die Arbeit. Es war seine Aufgabe, sobald die Budenbesitzer ihre Waren verkaufsbereit ausgelegt hatten, die Kunden zu wecken, die während der Nacht die Fahrt zum Markt hinter sich gebracht hatten und nach der Anstrengung in ihren Wagen eingenickt waren.

Manche schliefen so fest, daß man sie selbst durch heftiges Schütteln nicht wach bekommen konnte. Er mußte sie mit Gewalt auf die Füße stellen. Diese »schweren« Schläfer zahlten Agba zwei Sous. Die »leichten« gaben einen Sou. Manche lachten ihm nur ins Gesicht und zahlten überhaupt nichts.

An einem schönen Sommerabend, als Agba gerade unterwegs zu seinem Schuppen war, beschloß er, den Boulevard St. Denis entlangzuschlendern, bis es ein wenig dunkler würde. Bei einem Springbrunnen blieb er stehen und beobachtete, wie das Wasser spielend tanzte. Irgendwie erinnerte ihn das klingelnde Rauschen an etwas, was in seinem Gedächtnis weit zurücklag. Ihm war auf einmal, als ob die Straße nicht mehr da wäre. Vor seinen Augen erschien der Garten des Sultans. Agba glaubte den Duft von Orangenblüten und Jasmin zu atmen. Er meinte, die Stimme des Sultans zu hören: »Und einer soll hellbraun sein, von der braunen Farbe, die manchmal wie Gold schimmert.« Kaum hörte Agba noch das Rollen der Wagenräder und das Kloppklopp der unbeschlagenen Hufe auf dem Pariser Straßenpflaster.

Aber dann raffte er sich auf, machte die Tür zum Reich seiner Träume fest zu und schaute – kaum noch mit Hoffnung auf Erfolg, sondern mehr aus Gewohnheit – nach seinem Pferd aus.

Plötzlich gab es ihm innerlich einen Ruck. Auf ihn zu kam ein kleines, ganz und gar verstaubtes Pferd, das vor einen leeren Wagen gespannt war. Das Tier zog auf den Brunnen zu, als ob es trinken wollte. Aber der Fuhrmann zerrte es brutal zurück.

Agbas Herz wollte stehenbleiben. Dann besann es sich und klopfte nun wie wild.

Agba winkte dem Mann: »Halt an!«

»Zur Seite! Du Hund!« brüllte der Karrenmann und fegte Agba das Ende der Peitsche um die Beine.

Der Junge sprang zur Seite. Aber seine Augen ließen das Pferd nicht los. Er versuchte zu rufen, wenigstens ein paar armselige Laute hervorzubringen. Es ging nicht. Vielleicht war auch alles ganz gleich. Dieses zerschundene Tier konnte doch unmöglich Sham sein! Sicher ließ er sich von seiner Ähnlichkeit in der Größe täuschen. Und er sah ja auch gar keine Weizenähre auf der Brust des Pferdes. Oder – oder sollte das Zeichen vielleicht unter dem breiten Pferdegeschirr versteckt sitzen? Aber am hinteren Huf war auch kein weißes Zeichen zu sehen. Oder – sollte es durch die Schmutzkruste unkenntlich gemacht sein?

Agba folgte dem Karren, vorbei an einer großen Herberge, vorbei am Marionettentheater, an Giebelhäusern, deren Fenster wie dreieckige Augen auf ihn herunterstarrten, lief dann weiter durch schmutzige alte Straßen und enge Gassen. Klopp, klopp! Klopp, klopp! Klopp, klopp! Einmal stolperte das Pferd, und Agba hörte, wie der Fuhrmann laut fluchte. Dann wieder: Klopp, klopp! Klopp, klopp! Aber gerade als Agba dachte, daß er es nun nicht mehr mit anhören könnte, bog das Pferd in eine ganz enge Straße ein und hielt vor einem baufälligen Schuppen.

Hinter einem Faß versteckt, spähte Agba umher und stellte fest, daß der Schuppen halb leer war. Nur die Hälfte des Raumes lag mit Holzklötzen vollgestapelt. Er beobachtete, daß eine Katze von einem der Klötze hinuntersprang, um das Pferd herumstrich und dann mit einem Satz leicht und geschickt auf dessen Rücken landete. Der Gaul ließ ein schwaches Wiehern vernehmen, das aber in dem Wortschwall des Fuhrmanns unterging. »Grimalkin«, brüllte er, »du verrückter Kater! Bist du noch immer toll nach deinem Knochengaul?«

Agba sah, wie der Karren in den Schuppen gezogen wurde, sah, wie der Fuhrmann das Pferd an einen Ring band, der an der Wand befestigt war, sah auch, wie er dem Tier ein Bündel Heu hinwarf, heraustrat und im Zwielicht des Abends verschwand.

Langsam, ganz langsam stahl sich der Junge in den Schuppen

hinein. Er schlich um den Wagen herum, bis er schließlich Kopf an Kopf mit dem Pferd stand. Er war nahe genug, dessen Nüstern zu berühren, nahe genug, um den mageren Nacken zu streicheln, aber er zwang seine Hände zur Ruhe. Jetzt miaute leise die Katze, und nun fiel Agba ein mit den einzigen Lauten, die er vorbringen konnte – einem murmelnden Summen, das beinahe so klang wie das Rauschen eines eiligen Baches an einem sommerlichen Tag.

Das Pferd spitzte die Ohren. Seine Nüstern begannen zu zittern. Dann senkte es, ohne einen Laut auszustoßen, den Kopf und rieb ihn an Agbas Schulter.

Agba brauchte nicht mehr nach der Weizenähre und nach dem weißen Zeichen zu suchen. Es war Sham!

Kapitel 13

Ein seltsames Dreigestirn

Der Fuhrmann erlaubte Agba, im Schuppen zu wohnen, nicht aus Gutmütigkeit, sondern nur, weil der Junge ihm nützlich sein konnte. Er hatte schon lange gedacht, daß es bequem sein müßte, wenn ihm jemand morgens den Karren vollpackte. Und nun hatte er durch irgendeinen seltsamen Zauber plötzlich einen Sklaven, den er brauchen konnte.

Agba gab seine Beschäftigung als »Wecker« auf. Er half nun statt dessen Tag für Tag den Fischhändlern und Bauersfrauen. Daher kam er abends mit kleinen Geschenken, wie Pferde und Katzen sie gern haben, zum Schuppen zurück.

Der Junge, die Katze und das Pferd bildeten zusammen ein seltsames Dreigestirn. Jeden Abend, sobald das Räderrollen von fern zu hören war, flog Grimalkin aus dem Schuppen und lief dem Wagen entgegen. Mit einem fixen Sprung war die Katze auf Shams Rücken, miaute und mauzte und versuchte, auf Katzenart mit dem Pferd zu sprechen.

Agba stand geduldig und wartete, bis die knarrenden Räder still wurden und die wüste Stimme des Fuhrmanns um so lauter tönte. Es war jeden Tag dasselbe. »Du stummer Hund! Lumpenpack! Ein Pferd und eine Katze als Kompagnons! Aus meinen Augen! Fort sage ich.«

Anfangs kümmerte sich der Fuhrmann nicht darum, daß Agba dem Pferd abends das Geschirr abnahm und das wundgeschlagene Tier pflegte. Aber als er sah, daß Shams Augen wieder den alten, stolzen Glanz bekamen, war er gar nicht zufrieden. Und als es eines Tages Sham sogar einfiel, seinen Quälgeist am Hosenboden zu fassen und kräftig zuzubeißen, da schnappte der Kerl vor Wut beinahe über.

»Das Biest kann im Geschirr schlafen und die ganze Nacht stehen! Ein für allemal! Wenn es sich dabei am Geschirr wund reibt, wird es lernen, was Respekt ist.« Und er schwang seine Peitsche in der Luft herum, daß sie jaulte.

Sonntags jedoch kam der Fuhrmann niemals in den Schuppen. Deshalb schnurrte dann die Katze den ganzen Tag, und Sham gab hin und wieder mit leisem Wiehern zu verstehen, daß er sich auch glücklich fühlte. Agba tat an diesem Tag alles in einer Art von entzücktem Taumel. Er wusch Sham ab. Er trocknete das Fell des Tieres und striegelte es. Er rieb Shams Beine mit dem letzten Rest der »budra« ein, die er aus Afrika mitgeschleppt hatte. Er kämmte sorgfältig den verzottelten Schweif und auch die Mähne seines Pferdes. Kalte Packungen aus feuchten Blättern legte er mit sanften Fingern auf Shams Wunden. In die Höhlung der Hufe packte er kühlenden Schlamm. Außerdem fütterte er sein Pferd dreimal am Tage mit dem Hafer, den er für sein selbstverdientes Geld kaufte.

Sacht fuhr er mit der Hand über die Weizenähre an Shams Brust und ganz leise über das weiße Zeichen am Huf. Signor Achmets Worte lagen ihm im Ohr:

»Das weiße Zeichen einerseits – die Weizenähre andererseits! Das gute Zeichen steht im Gegensatz zum bösen. Das eine steht im Kampf mit dem anderen.«

Die Tage wurden immer kürzer und krochen langsam auf den Winter zu. Trotz Agbas Pflege wollte Shams Fell nicht so dicht und schmiegsam werden, wie es in Marokko gewesen war. Es blieb hart und störrisch. Und manchmal war das Tier abends zu müde, um noch zu fressen. Zwar nahm es die guten Dinge, die Agba ihm hinreichte, zwischen Lippen und Zähne, ließ sie dann aber erschöpft fallen. Tag für Tag beobachtete Agba, daß Shams Fell im Nacken immer schlaffer wurde und daß die Höhlen über seinen Augen sich mehr und mehr vertieften.

An einem eiskalten Morgen im froststarren Winter schreckte der Fuhrmann die drei Gesellen mit einem wüsten Pfiff aus tiefem Schlaf hoch. Er stand über sie gebeugt und rieb sich lustig die Hände. Ein Tag wie dieser war ganz nach seinem Geschmack. In der vergangenen Nacht waren Eisregen, Hagel und Schnee gefallen. Jetzt war die Luft scharf. Die Leute würden viel Holz nötig haben, um ihren Öfen das Maul zu stopfen. Das Geschäft würde sicher blühen!

Er stemmte die Fäuste in die Hüften und sang ein wüstes Lied, während Agba die Holzklötze auf den Karren packte. Für gewöhnlich war der Kerl zufrieden, wenn die Ladung bis zur Höhe des oberen Bogens der großen Karrenräder gepackt war. Aber heute wollte er die Klötze höher und immer höher aufgeschichtet haben, und wenn der Junge aufhören wollte zu laden, stieß er mit dem Fuß nach ihm. Zuletzt machte er sich selbst daran, die Ladung mit einem dicken Strick festzubinden, weil ihm sonst die Klötze ins Rutschen kommen konnten.

»Ha! Ho!« sang er laut und schwang seinen klobigen Körper auf den Bock. »Mir tun Tiere an einem frostigen Tag so leid, daß ich besonders hochlade, um sie zum Schwitzen zu bringen. Allons!« schrie er und knallte mit der Peitsche.

Agba sah, wie Sham auf der Einfahrt vor dem Schuppen ausglitt und wie der Kerl das Tier mit einem rohen Ruck am Gebiß hochriß. Dann wurden Pferd und Wagen von der Dunkelheit verschluckt.

Die Ladenbesitzer öffneten eben ihre Fensterläden, während die qualmenden Straßenlaternen allmählich erloschen, als der Fuhrmann den Boulevard St. Denis erreichte.

Für gewöhnlich hielt er zuerst am Rathaus an. Das war ein großes, graues Gebäude mit Löwen am Portal. Sham mußte den Karren eine schräge Rampe zu dem Eingang für Bedienstete hinaufziehen. Aber das Tier konnte sich heute bemühen, soviel es wollte, es fand keinen Halt auf dem eisglatten Kopfsteinpflaster. In seinen Hufen hatten sich Schneeklumpen festgeballt, und so scharrte und glitschte es nach langem vergeblichem Bemühen noch immer hilflos am unteren Ende der Rampe herum.

Der Fuhrmann wurde wild. Er hieb die Peitsche über Shams knochigen Rücken. Dann erhob er sich auf dem Bock und schlug ihn zwischen die Ohren. Er schrie und fluchte.

Kleine Eiszapfen hingen an Shams Nüstern, aber sein Körper war mit Schweiß bedeckt. Das Tier stemmte sich. Es senkte den Kopf. Und als die Peitsche niederklatschte, versuchte es verzweifelt, mit allen Kräften zu ziehen. Die Ladung tat einen Ruck, und mit fast übernatürlich wirkender Kraft schleppte sich das Tier ganz langsam die schräge Einfahrt hinauf. Als es aber noch nicht ganz oben angekommen war, verloren seine Vorderfüße den Halt. Sham glitt hin und her. Wieder sauste und klatschte die Peitsche. Sie schnitt dem Pferd tief ins Fell. Stöhnend versuchte es Sham wieder und wieder. Seine Adern schwollen bis zum Bersten an.

Trotz des grausamen Wetters blieben jetzt vorübergehende Fußgänger stehen. Ein Wasserträger setzte seinen Bottich ab und näherte sich, als ob er einschreiten wollte.

Sham rang schwer nach Atem. Seine Nüstern bewegten sich heftig und zeigten einen blutroten Rand. Wieder warf er sich mit aller Kraft ins Geschirr. Er strauchelte und suchte wieder Fuß zu fassen. Die Zuschauer hatten das Gefühl, als ob sie mit ihm zögen, sie atmeten tief, spannten ihre Muskeln, strengten sich im Geiste mit ihm an. Vergeblich! Mit Stöhnen sank Sham schließlich auf die Knie.

Eine große Menschenmenge hatte sich inzwischen angesammelt. Ein Rudel Hunde fand sich zusammen und bellte wild durcheinander, als der Fuhrmann an den Zügeln riß und das Pferd mit roher Gewalt wieder hochziehen wollte. Sham wurde durch die Deichsel niedergehalten, weil sich die Leine darin verfangen hatte. Seine Augen blickten wild und zeigten in der Angst weiße Ringe. Sein Maul blutete.

Der Fuhrmann sprang auf das Straßenpflaster und warf einen Holzklotz als Bremse vor den Wagen. »So!« schrie er. »Nun will ich mein eigenes gutes Brennholz verwenden und dem Biest Feuer unter den Schwanz halten, dann wird sich die widerspenstige Kreatur ja wohl endlich erheben!«

Als er nun tatsächlich nach einem Holzbündel griff, schob sich ein stattlich aussehender Engländer durch die Menge der Zuschauer. Er trug den schwarzen Rock ohne Kragen und den breitrandigen Hut der Quäker. Obwohl er in Kleidung und Benehmen sehr zurückhaltend auftrat, schaute er jetzt zornig drein.

»Mein Freund«, wandte er sich in fließendem Französisch an den Fuhrmann, »ich habe schon lange ein altes, ruhiges Pferd kaufen wollen.« Und als der Mann nun seinen Mantel öffnete, holte er aus seiner Rocktasche eine Handvoll Gold. »Ich bin bereit«, fuhr er fort, »Euch fünfzehn Louisdor für die Kreatur zu zahlen.«

Beim Anblick des Goldes blieb dem Fuhrmann der Mund offenstehen. In seine Augen kam ein gieriger Glanz. Er ließ das Bündel Holz fallen. »Fünfzehn Louisdor für den ausgemergelten Klepper?« fragte er ungläubig.

»Ja, mein Freund«, nickte der Quäker. »Ich brauche ein kleines Pferd für meinen Schwiegersohn, Benjamin Biggle.«

Auch die Zuschauer machten große Augen. Schließlich konnte man doch für fünfzehn Louisdor ein kräftiges, gutgebautes Ackerpferd bekommen!

»Ich nehme an, Ihr wollt miteins meinen Karren und das Holz einhandeln?« maulte der Fuhrmann.

»Ich wünsche nur das Pferd«, antwortete der Quäker feierlich. »Ich bin Jethro Coke aus London, und würdest du mich kennen, dann machtest du dich bereit, dich recht bald zu entscheiden. Schirr das gequälte Tier sofort aus, denn es könnte sein, daß mein Wille sich sonst ändert.«

Der Karrenmann lachte roh und gab Jethro Coke die Peitsche zum Halten. Während seine Augen das Gold in der Hand des anderen nicht losließen, wollte er sich daranmachen, Sham zu befreien. Jedoch er kam zu spät. Ein schmaler, brauner Junge war plötzlich da, obwohl man ihn vorher nicht gesehen hatte, und kniete nun neben dem Pferd. Er befreite das Tier und nahm ihm das Geschirr ab. Was die Menge noch mehr in Staunen versetzte, war die Katze, die aus der Kapuze des Jungen hervorgekrochen kam und dem Pferd das Gesicht sauberleckte.

Die Leute lachten zufrieden und spendeten Beifall. Man hätte meinen können, der Vorstellung eines Puppentheaters beizuwohnen und nicht eine Gruppe von Bürgern vor sich zu haben, die auf dem Weg zu ihrer Tagesarbeit waren.

Kapitel 14

Benjamin Biggle versucht sich im Sattel

Der Quäker Jethro Coke war ein Kaufmann, der sich von seinen Geschäften zurückgezogen hatte. Er besaß ein Stück Land außerhalb von London. Als er sah, wie grausam das Tier geplagt wurde, hatte er sich verpflichtet gefühlt, einzugreifen. Nun sah er einen Jungen vor sich, der seine Hilfe ebenso nötig hatte.

»Am Fuße eines waldigen Hügels«, sagte er zu Agba in seiner ein wenig feierlichen Art zu sprechen, »habe ich eine alte Scheune. Sie hat seit Jahren weder das Wiehern eines Pferdes noch den samtweichen Tritt einer Katze vernommen. Du, mein Sohn, und deine Katze, ihr sollt dort auch willkommen sein. Das arme, niedergeschlagene Pferd hat euch alle beide nötig.«

Und so war noch nicht einmal eine ganze Woche vorbei, da waren Sham und Agba und Grimalkin schon auf dem Weg nach England.

Als Agba die gute Scheune und die hügeligen Weiden sah, die Mister Coke gehörten, war er überzeugt davon, daß die Macht des bösen Zeichens, der Weizenähre, im Schwinden war.

Jethro Cokes Frau lebte nicht mehr. Die Zügel im Haushalt hatte der Mann Mrs. Cockburn übergeben, einer dicken, mütterlich aussehenden Frau, deren Augen wie schwarze Rosinen wirkten, und die immer auf jeder Backe einen roten Fleck hatte, als hätte sie gerade eben ihr Gesicht über ein heißes Feuer gebeugt. Mrs. Cockburn fand nicht nur Zeit, große Hammelkeulen köstlich zu braten und zarte Puddings und Kuchen anzurühren, sie bediente noch außerdem Mr. Cokes Tochter und pflegte deren kleines Baby. Was aber Benjamin Biggle betraf, so setzte Mrs. Cockburn wohl einen Teller für ihn auf den Frühstückstisch und grüßte mit ihrer gestärkten Haube ein steifes »Guten Morgen!« Aber mehr als das wollte sie durchaus nicht für ihn tun.

»Benjamin Biggle ist ein fetter Tolpatsch!« sagte sie bei mehr als einer Gelegenheit zu Mr. Coke. Und da Mr. Coke im geheimen der gleichen Meinung war, versuchte er um seiner Tochter willen gute Miene zum bösen Spiel zu machen. Außerdem war er ein aufrichtiger Quäker und deshalb ein Freund aller Kreaturen, so wie sie der liebe Gott erschaffen hatte.

»Benjamin«, sagte er bald nach seiner Rückkehr von Paris zu seinem Schwiegersohn, »ich habe eine Überraschung für dich. Folge mir!«

Mit erwartungsvollem Gesicht folgte Benjamin Biggle Mr. Coke den Hügel hinunter zur Scheune. Dort wurden sie Zeuge eifriger Geschäftigkeit. Agba stand mit zurückgeworfener Kapuze und färbte die weißen Haarbüschel, die auf Shams Knien an den Stellen hervorsprossen, wo er sich beim Fall damals in Paris geschnitten hatte. Derweil saß Grimalkin auf Shams Rücken und bürstete ihren eigenen Bart.

»Guten Morgen, Freunde!« wandte sich Mr. Coke an Agba, Sham und Grimalkin. Mr. Cokes Stimme gefiel dem Pferd. Und Agbas Hände, die leise die aus Wurzelfasern gewonnene Farbe auftrugen, taten ihm auch wohl. Daher stand das Tier so still, als wäre es ein ausgestopftes Pferd im Museum.

»Ich habe das Tier aus Mitleid mitgebracht«, sagte Mr. Coke zu seinem Schwiegersohn. »Es sieht jetzt hager, alt und mißbraucht aus, aber in der guten Pflege des Jungen, der ihm von Herzen zugetan ist, wird es sich bald wieder herausmachen und ein guter Schrittmacher für dich werden.«

»Ja, Papa Coke«, antwortete Benjamin Biggle und schob seinen Hut auf seiner schwarzen Perücke hin und her. »Es ist nun schon fast ein Jahr, daß ich Pferd und Wagen dringend benötige.«

Das Blut stieg Mr. Coke ins Gesicht. Einen Augenblick lang verschlug es ihm die Sprache. Dann hatte er seine Stimme wieder in der Gewalt. »Ein Pferd, ja«, sagte er, »einen Wagen, nein! Ein Wagen ist nicht notwendig und würde eitler Zierat sein. Stolz und Hochmut stehen im Widerspruch zu meinen Grundsätzen.«

»Aber, Papa Coke«, verteidigte sich der Schwiegersohn und biß sich nervös auf die Lippen, »ich habe doch noch niemals auf einem Pferd gesessen!«

»Humbug und Nonsens! Ich sage dir, daß ein Kind auf diesem zahmen Tier reiten kann. Es ist gerade das richtige Pferd für einen Tuchhändler, wie du es bist. Ich sehe dich schon damit über Land reiten und den Hausfrauen deine Ware anbieten.«

Benjamin Biggles Gesicht wurde so weiß wie Pfannkuchenteig. Er warf einen scheuen Seitenblick auf Sham, der ihm mit den Ohren ein warnendes Zeichen zukommen ließ.

»Mir scheint, es ist am besten«, sagte Mr. Coke, indem er einen Kalender aus der Tasche seines Überrocks hervorholte und darin blätterte, »es ist am besten, wir warten bis – nun, sagen wir – zum vierten Tag im dritten Monat. Im Kalender steht nämlich, daß das Wetter dann beständiger wird. Sollen wir nicht gleich den Vormittag des vierten Tages im dritten Monat verabreden?«

Benjamin Biggle seufzte erleichtert auf. Bis zum dritten Monat, das war noch eine Zeitlang hin. Er schielte nach dem Stand der Sonne. »Ich glaube, Mrs. Cockburn hat den Tee fertig! Wir gehen wohl besser.«

Agba beobachtete, wie die beiden Männer den Hügel hinaufgingen – mit langen Schritten bewegte sich Mr. Coke stetig vorwärts, mit kurzem, wippendem Getrippel hielt sich Benjamin Biggle an seiner Seite. Dann machte sich Agba wieder eifrig mit Shams Schrammen und Narben zu schaffen.

Als der Frühling kam, verlor Sham allmählich sein krankes Aussehen. Er sah nun so jung aus, wie er war, nämlich vier Jahre. Sein Fell hatte wieder den goldenen Ton, in dem ein Netz feiner, gesunder Adern lag.

Auch Agba machte sich in der mütterlichen Pflege von Mrs. Cockburn tüchtig heraus. Sie füllte seinen Teller mit Taubenpastete und Klößen. Und als sie herausfand, daß er besonders gern etwas Süßes aß, sorgte sie dafür, daß er jeden Tag ein wenig Pudding oder Kuchen oder Apfelkompott bekam. Und während der Junge aß, blieb sie in seiner Nähe. Ihr Redefluß riß dann nicht ab. Darum brauchte Agba nur kurze Zeit, um bestimmte Worte der englischen Sprache zu lernen, z. B.: Eat – iß! Poor boy – armer Junge. A bit of cake – ein Stückchen Kuchen! Beautiful daughter – schöne Tochter. Fat dolt – fetter Tolpatsch. Mrs. Cockburn fand sogar die Zeit, Agba mit Hilfe ihres Kochbuches die Buchstaben beizubringen.

Als Gegenleistung zeigte ihr Agba die Amulette in seinem Beutelchen und auch Shams Stammtafel. Natürlich konnte sie die arabischen Worte nicht lesen, aber sie war trotzdem von der Wichtigkeit des Papieres überzeugt.

Der vierte Tag des dritten Monats brach an. Obwohl der Kalender etwas Besseres versprochen hatte, hing ein feiner Sprühregen in der Luft. Aber Jethro Coke gehörte nicht zu den Leuten, die sich vom Wetter abhängig machen. Er kümmerte sich darum, daß sein Schwiegersohn zur rechten Zeit aus den Federn kam, und sorgte sogar dafür, daß Benjamin einen Überzug aus Ölhaut für seinen Hut bekam und ein wasserdichtes Cape für die Schultern.

Als Agba sein Pferd gezäumt und gesattelt aus dem Stall hinaus den gewundenen Pfad zum Haus hinaufführte, warf Sham nur einen einzigen Blick auf den schlappen Reiter, der auf ihn zukam, und schon zuckten seine Ohren zurück. Er wollte nicht weitergehen. Erregt schnaufte er den Geruch des Ölcapes ein. Die Sache kam ihm unheimlich vor. Er lauschte auf das Geräusch, das von dem fremden Ding ausging, als das Ölzeug nun im Wind knatterte. Benjamin Biggle mochte ihm wohl wie ein großes Ungeheuer vorkommen. Nur mit Mühe konnte Agba das Tier davon abbringen, nicht gleich zur Scheune zurückzugaloppieren.

Auch Benjamin Biggle war bei Shams Anblick stehengeblieben. Es sah einen Augenblick lang so aus, als ob seine Knie unter der Last seines eigenen Körpers zusammenbrechen wollten. Es war ganz klar, daß nicht nur Sham vor ihm bange war, sondern daß Benjamin Biggle mindestens zweimal soviel Angst vor Sham hatte.

»Verlier nicht die Nerven, mein Sohn!« sagte Mr. Coke. »Dein Ölzeug macht das Tier ein bißchen unruhig. Geh ganz ruhig auf das Pferd zu!«

Agba führte Sham zu einem Holzblock, der dem Reiter das Aufsteigen erleichtern sollte.

»Nur zu, nur zu, Benjamin!« sagte Mr. Coke ermunternd. »Das Pferd darf nicht merken, daß du ängstlich bist. Nimm den Zügel selbst in die Hand. Nun los, gib dir einen Schwung! Hoch! Los!«

Zitternd nahm Benjamin Biggle den Zügel. Dann packte er seinen linken Fuß mit der rechten Hand und versuchte ihn in den Steigbügel zu stoßen. Die Sache ging schief, und er landete statt dessen einen Fußtritt in Shams Rippen.

Mit einem plötzlichen Ruck warf Sham den Kopf zur Seite,

schupste Mr. Biggle den Hut vom Kopf und streckte seine Zähne nach der schwarzen Perücke aus. Kaum hatte er aber die Pomade geschmeckt, da nahm er das haarige Ding und warf es auf den vom Regen aufgeweichten Weg.

Benjamin Biggle wurde wütend. »Jetzt werde ich den Gaul reiten, und wenn er mich dabei umbringt«, knirschte er. Nachdem er seine Perücke mit flottem Schwung wieder aufgesetzt hatte, schwang er ein Bein über Shams Rücken, schob sich in den Sattel und faßte den Zügel ganz kurz. Wild wirbelte Sham herum, und mit einem wunderbaren Galopp floh er zurück in seinen Stall. Als er durch das Tor sauste, wurde Benjamin Biggle von seinem Rücken weggeputzt. Da lag er nun in einer Pfütze. Das Wasser drang durch seinen Hosenboden, und der Wind schüttelte ihn obendrein noch tüchtig durch.

Als ob dies nicht genug Aufregung für einen Tag gewesen wäre, sprang ihm Grimalkin noch auf den Kopf, zerkratzte ihm das Gesicht und zerzauste den schäbigen Rest der Perücke. Als Agba am Nachmittag dieses Tages Shams Sattelzeug reinigte, entfuhr ihm hin und wieder ein leichter Laut, ähnlich wie ein Kichern. Sogar die Katze schien eine Art von Schmunzeln auf dem Gesicht zu haben, als sie auf Shams Kruppe saß und beobachtete, wie Agba alle Schmutzflecken sorgfältig von dessen Fell wegbürstete.

Plötzlich guckte Agba auf und sah Mr. Coke mit der Bibel in der Hand im Scheunentor stehen. Sein Gesicht sah faltig und alt aus. Eine ganze Weile stand er schweigend, und die Stille knüpfte ein Band zwischen ihm und dem Jungen.

Schließlich sprach er. Er wählte kleine, einfache Worte, damit der Junge ihn verstehen könnte. Aber selbst wenn er gar keine Worte gewählt hätte, würde Agba ohnedies verstanden haben, was der Mann sagen wollte.

»Du und dein Pferd und die Katze werden mir immer teuer sein«, begann Mr. Coke. »Du mußt versuchen, mich zu verstehen, mein Junge.«

Agba sah in Mr. Cokes tiefliegende blaue Augen, und seine eigenen wurden feucht.

»Es ist wegen meines Schwiegersohnes, mein Junge«, fuhr Mr. Coke fort. »Er muß im Bett liegen wegen des Unfalls heute morgen. Er hat starke Schmerzen und möchte, daß das Pferd fortgegeben wird. Und Hanna, meine Tochter, ist ganz auf seiner Seite.«

Ein leichtes Zittern überflog Agba, als ihm bewußt wurde, daß er die ganze Zeit, während Mr. Coke sprach, die Weizenähre auf Shams Brust anstarrte.

Mr. Coke sah die Furcht im Gesicht des Jungen und legte ihm begütigend die Hand auf die Schulter. »Komm, komm, mein Junge«, sagte er. »Ich verkaufe das Pferd an den guten Roger Williams, den Besitzer vom Gasthaus zum ›Roten Löwen‹. Er verleiht Pferde an Reisende, deren Tiere müde geritten sind. Wenn die Herrschaften auf ihrer nächsten Geschäftsreise wieder in diese Gegend kommen, bringen sie die geliehenen Pferde zurück. Hab nur keine Angst, Roger Williams wird dein Pferd gut behandeln. Und ich habe sein Wort darauf, daß auch du eine gute Unterkunft über dem Stall finden wirst und die Katze ebenso. Williams wird morgen früh kommen, um dich und deine Freunde in Augenschein zu nehmen.«

»Nun, so laßt uns denn«, fuhr Mr. Coke fort und rückte seine Brille zurecht, »so laßt uns denn einen Bibelvers lesen oder auch zwei. Das wird unsere Herzen erheben. Danach will ich euch ohne weitere Abschiedsworte verlassen.«

Mr. Coke stand so, daß das Licht von rückwärts über seine Schultern fiel, öffnete die Bibel und las die Stelle vor, die er zufällig aufschlug. Und als er las, was da stand, war es so, als ob die Spuren vieler Jahre von seinem Gesicht weggewaschen würden. Er war wieder jung, lächelte und las mit Befriedigung: »Das Pferd freut sich seiner Kraft. Es wandert durch das Tal. Es fürchtet sich nicht. Es geht über die Erde mit Wildheit und Lust. Es ruft unter dem Schall der Trompeten: ha, ha!«

Mit einem letzten Blick nahm Jethro Coke Abschied von Agba. Dann schloß er das Buch, machte kehrt und sprang leicht wie ein Junge über die Pfütze vor der Tür, in die Benjamin Biggle morgens hineingefallen war.

Agba glaubte ein Kichern zu hören, und es war ihm, als tönten aus dem Nebel draußen die Worte noch einmal zu ihm herüber: Das Pferd ruft unter dem Schall der Trompeten: ha, ha!

Kapitel 15

Im Zeichen des »Roten Löwen«

Agba hätte sich im »Roten Löwen« wohl fühlen können, wenn es sich nur um Mr. Williams gehandelt hätte. Er war ein gutmütiger Mann mit roten, buschigen Augenbrauen, die auf und ab gingen, sobald er sprach. Wenn er lächelte, und das tat er oft, versteckten sich die Augen unter den herunterhängenden Brauen. Dann sah Mr. Williams aus wie ein Schäferhund. Aber er war die Freundlichkeit selber.

Mrs. Williams jedoch war es, die Agba das Leben schwermachte. Sie war ein böses Weib, das jedesmal hysterisch wurde, sobald Agba irgendwo in ihr Blickfeld geriet. »Mi-ster Williams!« schrie sie dann aus Leibeskräften. »Das Kapuzengesindel! Schmeiß es hier 'raus! Ich fange mir Läuse! Entweder er geht oder ich! Das sage ich dir!«

Tatsache war, daß Agbas tiefe, forschende Augen, sein sanftes Gehen, sein wehender Mantel und sein stilles Wesen ihrer eigenen Grobheit so entgegengesetzt waren, daß sie sich in seiner Gegenwart ungemütlich fühlte.

Hatte aber gar Grimalkin das Pech, ihr über den Weg zu laufen, dann bekam Mrs. Williams Zustände. Als sie zufällig eines Abends der Katze auf den Schwanz trat, gab es einen Höllenspektakel, und die Frau bestand darauf, daß der Junge und die Katze augenblicklich das Haus verlassen sollten. So kam es, daß Agba und Grimalkin, nachdem sie kaum vierzehn Tage in dem Gasthof gewesen waren, einen Pfannkuchen und eine Handvoll Walnüsse verabreicht bekamen und zugleich den Rat, sich von dannen zu trollen.

Mr. Williams begleitete Agba bis zum Ende des Weges. Dort hielt er. Unter der Laterne, die den Wegweiser zum »Roten Löwen« beleuchtete, blieb er stehen. Sogar bei diesem schwachen Licht konnte Agba erkennen, daß dem Mann elend zumute war.

»Du mußt das verstehen, Junge«, sagte er, und seine Augenbrauen gingen auf und ab. »Du mußt das verstehen. Ich muß an meine Kundschaft denken. Mrs. Williams ist eine vorzügliche Köchin. Wirklich, manche Reisende kommen von weither, nur um ihre gute Truthahnpastete zu kosten. Ich muß sie bei Stimmung halten, mein Junge. Du gehst am besten zu Jethro Coke zurück. Er wird dich schon aufnehmen, da bin ich ziemlich sicher.

Was das Pferd angeht«, fügte er mit Bestimmtheit hinzu, »so habe ich gutes Geld dafür bezahlt und werde es schon pflegen.«

Er hatte wirklich vor, zu tun, was er sagte. Aber Mr. Williams war nicht der Mann, ein nervöses Pferd wie Sham richtig zu behandeln. Er hatte rasche, abgehackte Bewegungen wie eine an Bindfäden gelenkte Marionette. Wenn er in den Stall hineinkam, stürmte er immer hastig drauflos. Fast immer hatte er irgendein Werkzeug in der Hand – eine Mistforke oder eine Hacke oder einen Blasebalg. Und er hielt die Dinge wie einen Speer, mit dem er vorwärts stürmen wollte. Die alten Pferde waren an seine Art gewöhnt, aber Sham schnaubte und bäumte sich hoch, sobald der Mann ihm nahekam. Der Gute wollte das Tier beruhigen, indem er es bürstete und striegelte. Dabei war er so ungeschickt, daß er mit einem einzigen Strich von der Schulter bis zur Hüfte entlangging. Er verstand nichts von den Feinheiten der Pferdepflege, sonst hätte er gemerkt, daß Shams Haare in der Nähe der Hüfte einen kleinen Wirbel bildeten. Dieser Mangel an Sorgfalt machte Sham unruhig, denn Agba hatte das Fell immer so gebürstet, wie die Haare von Natur aus lagen.

Beim Satteln hatte der Gastwirt die Angewohnheit, den Sattel in einer unangenehmen Weise auf Shams Rücken zu werfen und ihn dann auf seinem Fell hin und her zu schieben, bis er an der richtigen Stelle lag. Dabei wurden die kurzen Haare von Shams Fell in die falsche Richtung gepreßt. Wenn dann ein Reiter aufstieg, wurde diese Nachlässigkeit für das Pferd zur Qual.

Es war daher kein Wunder, daß Sham sich eine Menge Tricks

ausdachte, um den drückenden Sattel loszuwerden. Er streifte dicht an Wänden und Bäumen vorbei und quetschte so die Beine des Reiters. Er wand und drehte sich wie ein Korkenzieher. Er bäumte sich, schlug aus, scheute und warf so viele Gäste der Herberge zum »Roten Löwen« ab, daß Mr. Williams schließlich meinte, es müsse etwas dagegen getan werden. Darum beriet er sich mit Silas Slade, einem Mann, der wie ein Wiesel aussah und als der beste Pferdezähmer von ganz London bekannt war.

»Slade«, sagte Mr. Williams, »so ein Pferd wie dieses habe ich mein Lebtag noch nicht gesehen. Es muß einen bösen Geist haben. Der Gaul wirft nicht nur einen ungeschickten Kerl wie mich ab, sondern auch die besten Reiter des Königreiches. Er weiß, daß er dafür Schläge bekommt, aber das macht ihm nichts aus. Das einzige menschliche Wesen, das mit ihm umgehen kann, ist ein spindeldürrer Junge.«

»Hm«, schnaufte Slade mit heißen Augen, »den Gaul möchte ich doch mal sehen, der mir widerstehen kann. Den sticht der Hafer. Wir müssen die Schlechtigkeit aus ihm herausbringen.«

Als erstes sattelte Mr. Slade das Pferd auf seine »ganz besondere« Weise und schwang sich dann in den Sattel. Als nächstes mußte er feststellen, daß man ihn, Silas Slade, in das Gasthaus hineingetragen hatte und daß ein Arzt mit ernstem Kopfschütteln sich zu ihm herunterbeugte.

Nachdem Mr. Slade verbunden war und sein Bein geschient lag, rief er nach Mr. Williams. »Ich werde trotzdem mit dem Gaul fertig«, sagte er mit geschwollenen Lippen. »Bring ihn in einen kleinen Stall, der kein Fenster hat. Binde ihn so fest, daß er sich nicht von der Stelle bewegen kann. Und gib ihm kein Korn. Nur ein bißchen Wasser.«

Agba war, während dies alles geschah, in der Nähe der Herberge zum »Roten Löwen« geblieben. Er und Grimalkin wanderten ganz verloren in der Gegend umher, schliefen nachts an Hecken und lebten von Wurzeln und Beeren oder ähnlicher Nahrung, die sie in Feld und Wald fanden.

In einer mondhellen Nacht kam Agba sich so verlassen vor, daß er es einfach nicht länger ertragen konnte. Er und Grimalkin lagen in einem Heuhaufen. Sie hatten beide den ganzen Tag über nichts Eßbares aufgetrieben und konnten nun gar keinen Schlaf finden. Grimalkin versuchte Feldmäuse aufzustöbern, während Agba den Mond anstarrte und in dessen Schatten Shams Bild zu sehen glaubte.

Die Worte des Sultans hämmerten wieder in seinen Ohren:

»Solange das Pferd lebt . . . solange das Pferd lebt!« Er mußte einfach wieder zu Sham.

Hastig schüttelte er das Heu aus seinem Mantel, nahm Grimalkin auf den Arm und rannte schweigend durch die Nacht zur Herberge zum »Roten Löwen«.

Als er den Gasthof erreichte, sah er, daß Mr. Williams in dem Keller, wo das Bier verzapft wurde, geschäftig hin und her eilte. Schnell änderte er seinen Plan und ging nun nicht, wie er sich vorgenommen hatte, von der Hofseite her zum Stall, sondern lief außen um die Steinmauer, die auch die Ställe mit einfriedete. Wenn er gleich hinter den Ställen über die Mauer kletterte, konnte er zu Sham kommen, ohne von Mr. Williams bemerkt zu werden.

Agba fühlte sich wie ein Dieb, als er nun in der versponnenen Mondnacht an der efeubewachsenen Mauer entlangschlich. Nach einiger Zeit machte er halt und überlegte, daß ungefähr hier gegenüber Shams Stall liegen mußte. Er nahm seinen Turban ab und knüpfte ihn auf. Dann warf er ein Ende über einen eisernen Haken, der am oberen Rand der Mauer aus den Steinen herausragte. Er kletterte nun, mit Grimalkin auf der Schulter, vorsichtig die Mauer hinauf und ließ sich drüben lautlos in den Garten hinabgleiten.

Grimalkin fühlte sich gleich ganz zu Hause. Die bekannten Stallgerüche und -geräusche machten die Katze ganz aufgeregt. Sie streifte gleich von einem Stall in den anderen.

Mrs. Williams war um dieselbe Zeit gerade dabei, Haferbrei für das Frühstück des nächsten Tages zuzubereiten. Plötzlich stellte sie fest, daß sie nicht genug Salz hatte. Sie kam auf keinen Fall damit aus. Also zündete sie eine Laterne an und machte sich auf den Weg zum Stall, wo Mr. Williams immer eine Portion Salz für die Pferde aufbewahrte.

Als sie mit hocherhobener Laterne den Hof vor dem Stall erreichte, fielen die Lichtstrahlen gerade auf Grimalkin, der sich possierlich im Kreise drehte.

Wenn die Frau einen Geist gesehen hätte, wäre ihr Geschrei nicht entsetzter gewesen. Es gellte durch den Hof, als ob der Blitz eingeschlagen hätte.

Aus dem Haus stürzte Mr. Williams, nach ihm Silas Slade auf Krücken; eine Schar von Reisenden, die noch nicht zu Bett gegangen war, rannte hinterher, und schließlich ein Wachtmeister im Dienst, der mit seiner Pistole herumfuchtelte.

Agba erstarrte vor Furcht. Er konnte sich vor Schrecken nicht rühren. Seine Füße schienen am Boden festgewachsen zu sein. Sogar Grimalkin stand wie angewurzelt. Dann suchte die Katze mit einem flinken Sprung Schutz in Agbas Armen.

»Er ist ein Einbrecher, Wachtmeister!« schrie Mrs. Williams. »Ein Pferdedieb! Sperren Sie ihn ein! Ich bitte Sie!«

Mr. Williams Augenbrauen gingen erregt auf und ab: »Der Junge ist nicht schlecht«, versuchte er den Wachtmeister zu beruhigen. »Er kommt von Marokko und ist so sanft wie ein Schmetterling. Und außerdem«, fuhr er fort und deutete auf Agbas Lippen, »der Junge kann kein Wort sprechen.«

Der Wachtmeister warf einen Blick auf den aufgelösten Turban, der noch an der Mauer hing und deutlich zeigte, auf welche Weise der Junge hereingekommen war. Daraufhin nahm er, trotz Mr. Williams Protest, eiserne Handschellen, legte sie Agba an und führte ihn ab ins Gefängnis von New Gate.

Kapitel 16

Gefängnis New Gate

Nachdem Agba ungefähr zwanzig Minuten neben dem Wachtmeister hergelaufen war, standen die beiden vor einem aus schweren Steinen massiv gebauten Haus.

»Aufmachen!« schrie der Wachtmeister. »Aufmachen!«

»Hoho! Bist du es, Muggins?« grölte der Posten zurück. »Was für eine Puppe bringst du da angeschleppt? Was hat sie verbrochen?«

Während sich der Posten mit dem Wachtmeister unterhielt, fühlten sich Agbas Augen bedrohlich angezogen von den Türmen und Schießscharten und den Kanonenrohren, die genau auf ihn gerichtet zu sein schienen.

Der Mond wischte mit kalten weißen Strahlen über die Mauern des Gebäudes. Agba fühlte, wie er erschauerte. Er entdeckte in einer Nische das steinerne Standbild einer weißgekleideten Frau. Zu ihren Füßen niedergekauert lag eine Katze, die Grimalkin so ähnlich war, als hätte ein Tier für das andere Modell gestanden.

Der Wachtmeister lachte laut, als er bemerkte, daß Agba an der Mauer des Hauses emporsah.

»Ich möchte keinem anraten, über diese Mauer zu klettern«, sagte er, und seine Zähne schienen im Mondlicht wie weiße Fänge. Dann stieß er Agba in das Gebäude hinein durch einen dunkel gähnenden Flur. Dort stand ein Gefangenenwärter, der mit einer Hand eine Fackel hochhielt und in der anderen einen schweren Schlüsselbund trug. Die Tür schleifte mit einem wischenden Geräusch über den Fußboden, als der Gefängniswärter das Tor hinter ihnen zumachte. Er führte die beiden weiter durch einen engen Flur.

Der Steinfußboden des Ganges war kalt und klamm. Als der Junge einmal ausglitschte, zog ihn der Wachtmeister scharf an den Ohren. Agba war wie erstarrt vor Entsetzen. Er fragte sich verzweifelt, ob er und Sham sich noch jemals wiedersehen würden, ob sie wohl noch einmal zusammen über die Felder donnern und den Wind unter der Sonne schmecken könnten.

Jetzt blieb der Wärter vor einer eisenbeschlagenen Tür stehen. Laut klirrte der Schlüsselbund, als er sie aufschloß. Er nötigte den Wachtmeister, mit Agba einzutreten.

Dann ging er fort und schloß die Tür sorgfältig hinter sich zu.

Hand- und Fußeisen hingen überall an den Wänden. Auf einem Wandbrett standen drei winzige Maße.

»Dies ist die Brotkammer«, verkündete der Wachtmeister. »Die Maße hier sind dafür da, die Brotration abzumessen. Du kriegst acht Unzen Brot für den Tag. Gerade genug für einen Pferdedieb!«

Lautlos öffnete sich die Tür wieder, und der Hauptwärter selbst kam herein. Er war ein untersetzter Mann mit einer scharfen Narbe an der Schläfe. Schwerfällig setzte er sich an einen Tisch, nahm einen Federhalter und zeigte damit auf Agba.

»Wo haben Sie ihn aufgelesen, Muggins?«

»Gasthof zum ›Roten Löwen‹, Sir.«

»Vergehen?«

»Pferdediebstahl.«

»Name?«

»Ich kann's nicht sagen, Sir. Der Wirt zum ›Roten Löwen‹ sagt, er käme von Marokko. Er kann nicht sprechen.«

Der Wärter sah Agba argwöhnisch an. »Durchsuchen!« sagte er.

Die großen Hände des Wachtmeisters fingen in Agbas Nacken an. Sie fanden das Beutelchen mit den Amuletten und Shams Stammtafel. Er riß das Täschchen von Agbas Hals und warf es auf den Tisch. Die Amulette fielen heraus. Sie funkelten hell auf. Schnell ließ der Wärter sie in seiner Tasche verschwinden. Dann steckte er die Finger in das Beutelchen und zog die Stammtafel hervor.

»A-ha!« nickte er und tat so, als ob er die arabische Schrift lesen könnte. »Ein sauberes Machwerk!« Und weil er fürchtete, daß seine Unwissenheit und Dummheit bemerkt werden könnte, riß er die Stammtafel in immer kleinere Stücke und warf die Fetzen auf den Fußboden.

Agbas Augen weiteten sich vor Entsetzen. Shams Stammtafel zerstört! Aber der Wärter ging hastig weiter in seiner Untersuchung und hatte nicht die geringste Ahnung, was durch ihn vernichtet worden war.

»Was hat er sonst noch bei sich, Muggins?« Die Hände des Wachtmeisters gerieten plötzlich in Grimalkins Pelz.

»Pfft! Miau! Pfft!« zischte, spuckte und kratzte Grimalkin.

Vor Furcht und Schrecken schrie der Wachtmeister gellend auf, packte dann Grimalkin am Schwanz. »Dich ertränke ich im Brunnen«, schrie er.

Agba hob flehend die Hände. Nur Grimalkin nicht fortnehmen, dachte er. Dann hätte er ja kein Wesen mehr, um das er sich kümmern könnte.

Plötzlich sprang aber der Wärter auf. Die Ader in seiner Stirnnarbe klopfte sichtbar. »Muggins«, flüsterte er mit heiserer Stimme, »ich lebe Tag und Nacht im Schatten der Statue draußen. Die Katze zu Füßen der Dame soll Dick Wittingtons eigene Katze sein.«

Er wischte sich den Schweiß von der Stirn und plumpste in seinen Stuhl zurück. Agba schöpfte ein bißchen Hoffnung. Er beobachtete das Gesicht des Wärters. Er zählte die Pulsschläge in dessen Narbe. Eins, zwei, drei, vier, fünf, sechs . . .

»Wer ist denn Dick Wittington?« – stammelte der Wachtmeister.

»Wer Dick Wittington ist?« polterte der Wärter. »Mensch, er war zweimal Oberbürgermeister von London. Und sein Vermögen verdankt er einer Katze. Ja, er verkaufte eine Katze an den Sultan von Marokko, damit sie drüben die Rattenplage loswürden. Und der Oberbürgermeister persönlich hat das Standbild errichten lassen.« Er warf dem Wachtmeister einen finsteren Blick zu. »Wie kannst du es wagen, eine Katze töten zu wollen? Was fällt dir ein? Das bringt Unglück! Gib sie sofort dem Jungen wieder. Das rate ich dir!«

Muggins blieb der Mund offenstehen. Völlig verdutzt gab er Agba die Katze zurück.

»Aber die Katze kriegt natürlich kein Brot«, sagte der Wärter, der sich plötzlich darüber ärgerte, daß er seine Angst verraten hatte. »Außerdem sind acht Unzen zuviel für einen Jungen. Sechs genügen auch.« Schnell legte er Ketten um Agbas Füße und rief einen Wachtposten herbei, der vor der Tür herumstand.

»Schließ ihn in ein Steinverlies ein!« kommandierte er.

Schwer schleppte Agba mit jedem Schritt die eiserne Kette hinter sich her, als er nun in den Kerker abgeführt wurde.

Kapitel 17

Die Klingel für Besucher

Die Tage, die nun folgten, waren schaurig und niederdrückend für Agba. Er hatte gar nichts zu tun. Einmal befahl ihm ein Wächter, die Zelle sauber zu machen. Dazu lachte der Kerl aber roh, denn er wußte ganz genau, daß weder Besen noch Lappen vorhanden waren.

Agba konnte sich nicht bewegen, ohne über die Beine oder Ketten der anderen Gefangenen zu fallen. Zum Dank dafür bekam er dann noch Fußtritte. So kauerte er sich schließlich still, mit Grimalkin im Arm, in einem Winkel nieder.

Die Tage dehnten sich zu Wochen. Agba teilte sein Brot mit Grimalkin, und auch die Gerstengrütze und das ausgekochte Fleisch, das die Gefangenen einmal in der Woche zugeteilt bekamen. Die Katze erwies sich auf ihre Weise dankbar für Agbas Kameradschaft, denn dort, wo Agba im Kerker lag, gab es weniger Mäuse und Ratten als in der Kammer des höchsten Wärters.

An manchen Tagen waren Besucher im Gefängnis zugelassen. Dann horchte Agba immer wieder auf den Klang der Glocke, an der die Gäste zogen, und er hörte, wie die Gefangenen sich mit ihren Ketten zum Besuchszimmer schleppten. Zu ihm kam niemand. Er und Grimalkin, sie beide waren wohl ganz vergessen.

Seit Agba Jethro Cokes Haus verlassen hatte, dachten der Quäker und Mrs. Cockburn, daß Agba und Sham im Gasthof zum »Roten Löwen« gut aufgehoben wären. Aber obwohl Mrs. Cockburn so fleißig war, vermißte sie doch Agbas stille Gesellschaft. Darum beschloß sie, an einem schönen Sommertag zum »Roten Löwen« zu gehen und Agba etwas Gutes mitzubringen. Sie backte eine köstliche Torte, packte sie, zusammen mit zwei herrlichen Pfirsichen, ein paar dicken Käsekrusten und einigen süßen Karotten, in ein Eßkörbchen. Dann deckte sie alles mit einem schneeweißen Tuch zu und machte sich auf die Fahrt zum Gasthof.

Vergnügt summte sie vor sich hin, als sie in die Postkutsche stieg. Sie dachte daran, wie der Junge sich wohl freuen würde, wenn er seine Lieblingstorte sähe. Sie stellte sich vor, daß seine dunklen Augen hell aufleuchten würden beim Anblick der blankgeschrappten Karotten, die Sham doch so gerne fraß. Und die Käsekrusten waren Leckerbissen für Grimalkin. Während die

Kutsche dahinrollte, guckte Mrs. Cockburn immer wieder unter das weiße Tuch, um sich zu vergewissern, daß die Torte nicht zerquetscht würde und die Pfirsiche auch heil blieben.

Sie dachte so eifrig darüber nach, was sie Agba alles erzählen wollte, daß sie kaum gewahr wurde, wie schnell die Pferde zogen.

Und darum rief der Kutscher viel eher, als sie erwartet hatte: »Kuhweg! Ecke Gasthaus zum ›Roten Löwen‹!«

So fix sie nur konnte, stieg Mrs. Cockburn aus, putzte den Staub von ihrer Haube, strich ihre Rockfalten gerade und ging munter hinein in das große Gastzimmer der Herberge.

»Guten Tag, Sir!« sagte sie zu einem fleißigen, kleinen Mann mit roten Augenbrauen. »Sind Sie der Besitzer des Gasthauses?«

Mr. Williams Augenbrauen gingen lustig auf und ab, und er strahlte über das ganze Gesicht.

»Das bin ich, gute Frau«, sagte er so höflich, wie er nur konnte. »Sie haben aber schwer zu tragen, meine Dame. Ich meine den großen Korb. Darf ich Ihnen helfen?« Mrs. Cockburn dankte ihm höflich und brachte dann ihr Anliegen vor.

»Es ist nun drei Monate her«, sagte sie, »daß ein kleiner Pferdejunge mit Kapuzenmantel die Wohnung meines Hausherrn Jethro Coke verlassen hat. Und, um die Wahrheit zu sagen, Sir, ich habe ihn die ganze Zeit über herzlich vermißt. Wenn Sie nichts dagegen hätten, möchte ich wohl selbst in den Stall gehen und ihn bei seiner Arbeit überraschen.«

Mr. Williams öffnete schon den Mund, um ihr zu antworten, machte ihn aber gleich wieder zu, denn hinter der Bartheke sprang seine Frau auf wie ein Stehaufmännchen.

»Sie finden den Dieb im Gefängnis von New Gate!« kreischte sie, nahm einen Besen und fegte auf Mrs. Cockburn zu. Ehe die gute Frau wußte, wie es geschah, war sie wieder draußen auf dem Kuhweg vor dem Schild zum »Roten Löwen«.

Verdutzt stand sie mitten auf der Landstraße und merkte gar nicht, daß eine von sechs Pferden gezogene Kutsche in großer Geschwindigkeit gerade auf sie zukam. Der Kutscher schwenkte im letzten Augenblick scharf zur Seite. Nur dadurch blieb Mrs. Cockburn unverletzt.

Mit aller Kraft zerrte der Kutscher an der Leine und brachte mit viel Geschrei und Aufregung die Pferde zum Stehen. Das Fenster der Kutsche wurde jetzt von innen heruntergelassen, und der mit kostbaren Federn geschmückte Kopf einer alten, aber sehr hübschen Dame kam zum Vorschein.

»In Ihrem eigenen Interesse, liebe, gute Frau, bitte ich Sie, doch ein bißchen aus dem Wege zu gehen«, sagte sie mit heller Stimme.

Mrs. Cockburn flog auf sie zu.

»Ich bitte um Vergebung«, sagte sie mit einem hübschen Knicks, »aber der ehrlichste Junge, den ich kenne, ist in das Gefängnis von New Gate eingesperrt worden, und darum bin ich ganz durcheinander.«

Der Kopf mit den Federn verschwand im Wagen. Und jetzt hörte es sich so an, als ob drinnen mit gedämpften Stimmen eine lebhafte Unterhaltung geführt würde. Nun stieg der Kutscher in seiner scharlachfarbenen Livree vom Bock herunter und öffnete den Wagenschlag. Ein Edelmann stieg aus. Er trug eine Perücke und war gepudert wie alle Edelleute damals. Aber das war es nicht, was Mrs. Cockburn auffiel. Sie fühlte sich vielmehr sogleich angezogen von den freundlichen grauen Augen des hohen Herrn und von der gütigen Art, in der er mit ihr sprach.

»Merkwürdigerweise sind wir zufällig auf dem Weg zum Gefängnis von New Gate«, sagte er. »Die Dame, mit der Sie eben gesprochen haben, ist Ihre Gnaden, die Witwe des Herzogs von Marlborough.«

Mrs. Cockburn schlug sich vor Verwunderung auf den Mund. Nun, schließlich war ja die Witwe des Herzogs von Marlborough in Schloß Windsor ebenso zu Hause wie die Königin selbst. Es war also fast so, als wäre Mrs. Cockburn der Königin persönlich begegnet!

»Die Herzogin ist meine Schwiegermutter«, fuhr der Edelmann fort, »und ich bin der Graf von Godolphin.«

Mrs. Cockburn machte einen großartigen Knicks und verbeugte sich gleichzeitig so tief, daß ihre Nase auf den Griff ihres Körbchens stieß.

Der Graf verneigte sich ebenfalls freundlich. »Wie Sie vielleicht wissen«, sagte er, »besucht die Herzogin oft die Gefangenen, um sich über ihre Fälle zu unterrichten. Da heute Besuchstag ist, würden wir, die Frau Herzogin und ich, uns freuen, wenn Sie uns nach New Gate begleiten.«

Mrs. Cockburn wurde vor Freude ganz rot. Sie war so aufgeregt, daß sie gar nicht antworten konnte. Also kletterte sie denn, ohne etwas zu sagen, in die Kutsche und saß gleich danach der Frau Herzogin gegenüber.

Offensichtlich war die Herzogin in großer Eile, denn der Kutscher knallte alsbald mit der Peitsche, und der Wagen flog die Landstraße entlang auf London zu. Die ratternden Räder und die klatschenden Hufe hatten nun das große Wort, und darum war an eine Unterhaltung im Wagen kaum zu denken. Mrs. Cockburn hatte alle Mühe, mit der einen Hand ihre Haube und mit der anderen den Eßkorb festzuhalten.

Mittlerweile horchten Agba und Grimalkin in dem Steinverlies von New Gate auf das Klingeln der Besucherglocke und auf die Schritte der Gefangenen, die sich in ihren Ketten aus dem Kerker zum Besuchszimmer schleppten. Doch endlich wurde die Klingel still, die Fußtritte wurden schwächer, und schließlich lag wieder Grabesstille über dieser kleinen, verlassenen Welt.

Agba kauerte sich in seinem mageren Strohhaufen zusammen. Er wollte versuchen zu schlafen. Vielleicht würde sich das Elend, das ihn umgab, in einen Traum auflösen. Die Kerkerwände würden dann verschwinden, und er wäre wieder mit Sham zusammen. Vielleicht würde er auch im Traum sein Pferd abbürsten, ganz schnell über die Weizenähre weggehen, aber gründlich das weiße Zeichen putzen.

In diesem Augenblick legte Grimalkin eine Pfote auf Agbas Arm, als wollte die Katze den Jungen auf etwas aufmerksam machen. Der schwere Riegel an der Tür bewegte sich langsam.

Und knarrend ging jetzt die Tür auf. Ein Lufthauch drang in die Zelle ein. Es roch nach Lavendel, seltsam gemischt mit dem Duft von frisch gebackenem Kuchen.

Ein paar Sekunden war Agba durch das plötzlich hereinfallende Licht geblendet, aber dann riß er seine Augen vor Erstaunen weit auf. Da stand der Gefängniswärter auf der Schwelle, rieb diensteifrig seine Hände und verbeugte sich wieder und wieder wie ein Schilfrohr im Wind. Und hinter ihm erblickte er Mrs. Cockburn mit einem Edelmann und einer sehr vornehmen Dame. Mrs. Cockburns Augen glühten schwärzer als gebrannte Rosinen. Mit hochroten Backen rief sie: »Das ist er! Das ist er!« Dann brach sie in Tränen aus. »Oh, mein armer, armer Junge . . .«

Agba lächelte Mrs. Cockburn zu, und er fühlte sich plötzlich so geborgen und glückselig, daß er beinahe auch zu weinen angefangen hätte.

»Ich sagte Euch ja, Euer Gnaden, daß er überhaupt nicht sprechen kann«, bemerkte der Wärter. »Er kann nur ein bißchen summen, eine Art von Singsang, das ist sein Wiegenlied, wenn er und die Katze sich abends zum Schlafen hinlegen.«

»Und was hat der Junge verbrochen?« fragte die Herzogin.

Die Pulsader in der Narbe am Schädel des Wärters schlug rasch.

»Wenn ich recht verstanden habe, Euer Gnaden, kletterte der Junge um Mitternacht über die Mauer des Gasthofs zum ›Roten Löwen‹, um Pferde zu stehlen.«

Mrs. Cockburn geriet in Wut. »So ist es gar nicht, Euer Gnaden. Der Junge wollte nur sein Pferd besuchen, das er ganz weither von Afrika nach England gebracht hat. Er hat ja die ganze Geschichte von dem Pferd in einem Beutelchen um den Hals gebunden. Zeig es nur mal der Dame und dem Herrn, Agba.«

Agba führte seine Hand zum Nacken und schüttelte verneinend den Kopf.

Der Wärter zögerte erst. Dann sagte er rasch: »Euer Gnaden, ich will die Wahrheit sagen, der Wachtmeister, er . . . er . . .«

»Er – was?« fragte der Graf.

»Nun, die Papiere sind weg, Mylord. Aber ich gebe ihm natürlich das Täschchen mit den Amuletten zurück.«

Schnell zog er das Beutelchen aus seiner Tasche und band es mit scheinheiliger Freundlichkeit um Agbas Hals.

»Mein armer Junge! Mein armer Junge!« sagte Mrs. Cockburn immer wieder. Sie machte ihren Korb auf und gab Agba von der Torte zu essen. Grimalkin bekam die Käsekrusten. Dann aber deckte Mrs. Cockburn den Korb schnell wieder zu, um die blankgeschrappten Karotten noch zu verstecken.

Agba biß ein Stück von der köstlichen Torte ab. Er hätte Mrs. Cockburn gern – mit den Worten, die sie ihm selbst aus ihrem Kochbuch beigebracht hatte – erzählt, wie gut es ihm schmeckte, aber er konnte nur essen und die gute Frau durch seine Tränen hindurch anlächeln.

»Ich kann nicht anders«, sagte die Herzogin mit ihrer hellen Stimme, die so klang wie das Geläute einer Spieluhr, »ich muß sagen, was ich denke. Mein Leben geht bald zu Ende, aber ich möchte noch viel Gutes tun. Laßt uns diesen Fall untersuchen, und wenn sich herausstellt, daß der Junge es wert ist, dann könntest du doch vielleicht . . .« – Sie brach mitten im Satz ab und sah den Grafen mit einem gewinnenden Lächeln an.

Der Graf von Godolphin fing den Satz auf und beendete ihn. »Wenn der Junge es verdient, will ich ihn nach Gog Magog holen. Dort kann er bleiben und im Stall helfen. Bei allem, was mir teuer ist. Das verspreche ich.«

Agba blickte hastig auf. Man sah, daß er unbedingt etwas fragen wollte.

Der Graf von Godolphin schmunzelte. »Hab keine Angst«, sagte er. »Wir gehen jetzt gleich zum ›Roten Löwen‹ und kaufen dein Pferd. Es soll in Gog Magog willkommen sein. Und die Katze auch. Da ist für alle Platz.«

Kapitel 18

Die grünen Hügel von Gog Magog

Am gleichen schönen Sommertag lag Sham in seinem Stall vom Gasthaus zum »Roten Löwen«. Man brauchte ihn nicht mehr zu fesseln. Er war viel zu schwach, um noch zu stoßen und auszuschlagen.

Vier Wochen hatte er nun schon in einer Art von Betäubung auf seinem Strohhaufen verbracht und sich nicht um die Dinge gekümmert, die um ihn herum geschahen. Durch die halb offenstehende Stalltür hörte er wohl von der Gaststube her das Klappern der Zinnkrüge und von den Ställen um ihn herum das Kommen und Gehen der Pferde und der Reisenden. Er spürte auch die Feuchtigkeit in der Luft, wenn es Regen gab, und horchte auf den traurigen Rhythmus der ersten Regentropfen auf das Dach des Stalles. Er atmete den Wind ein. Aber es war, als ginge ihn das alles nichts mehr an. Jedesmal, wenn Mr. Williams an dem Tier vorbeiging, schüttelte er bedauernd den Kopf. »An dem Pferd nagt der Kummer«, sagte er. »Es vermißt den Jungen.«

Nun – an diesem besonderen Sommertag wurde Mrs. Williams' Schüssel- und Tellerklappern plötzlich von donnernden Pferdehufen und Räderrollen übertönt.

Halb schlafend, halb wachend vernahm Sham, wie die anderen

Pferde im Stall die Ankömmlinge mit hellem Wiehern begrüßten. Er hörte Mrs. Williams' hohe, scharfe Stimme. Dann trat eine Stille ein, die nun durch das helle Lachen einer Frau unterbrochen wurde. Und jetzt kam das Geräusch von Schritten näher.

Jäh wurde die Stalltür weit aufgerissen, und Sham fühlte ein federleichtes Wesen an seiner Seite und spürte, wie die dünnen Finger einer Jungenhand seinen Nacken streichelten.

Sham beschnupperte Agbas Wange, als ob er sich vergewissern wollte, daß dies auch wirklich Agba sei. Er wieherte aufgeregt, führte seine Lippen sanft über Agbas Gesicht, fuhr ihm mit seiner großen, rosigen Zunge über die Backe und schmeckte seine salzigen Tränen. Nun endlich wieherte er seine Glückseligkeit laut hinaus.

Er warf die Vorderfüße vor und bemühte sich, auf die Beine zu kommen. Er konnte doch seine Freunde nicht im Liegen begrüßen. Er schüttelte das Stroh von seinem Fell, als wolle er sich entschuldigen, daß er nicht abgebürstet sei.

Sham war wie verwandelt. Er schnupperte der Reihe nach an den Leuten herum, die im Halbkreis um ihn her standen. Da war der schöne Herr in weinfarbenem Samt, neben ihm die Dame in Seide und Goldspitzen, und etwas abseits standen respektvoll der Gastwirt und die Wirtin.

Shams Augen gingen zurück zu Agba. »Laß uns gehen«, schienen sie zu sagen. »Irgendwohin! Ganz gleich, wohin!«

Der Graf von Godolphin lachte verständnisvoll, sprach ein paar freundliche Worte mit Mr. Williams und war schnell mit dem Wirt über den Kauf einig. Im Nu waren Agba und Grimalkin auf Shams Rücken. Eine neugierige Schar von Zuschauern hatte sich langsam eingefunden, und die staunten über das, was da im »Roten Löwen« vor sich ging, über die vornehme sechsspännige Kutsche und über den braunen Jungen im Kapuzenmantel und die Tigerkatze, die zusammen auf einem gutdressierten braungoldenen Pferd ritten.

Mr. Williams' Augenbrauen gingen hastig auf und ab. »Donner und Doria«, sagte er zu dem Reisenden, der unsanft von Shams Rücken geflogen war, »sieh mal einer an! Das kann doch nicht dasselbe Pferd sein! Das Tier ist nicht halsstarrig und auch nicht bösartig. Sehen Sie doch mal, das Pferd und der Junge, die sind wahrhaftig von der gleichen Farbe. Ja, sie passen tatsächlich zusammen. Die können kaum abwarten, bis es losgeht. Wissen Sie was«, sagte er, »ich glaube, ich hab's: das Tier – das Tier hat Verstand!«

Der Graf lehnte sich zum Fenster hinaus. »Es geht nun nach Gog Magog«, rief er Agba zu. »Wir fahren nicht schnell, weil Sham sonst vielleicht zu schwach ist, um mitzukommen.« Er lächelte den dreien ermutigend zu.

Wenn der Weg nach Gog Magog der Weg zum Himmel gewesen wäre, hätten die drei nicht glücklicher sein können, als sie es waren. Es kam ihnen vor, als ob die grünen Weiden, die Wälder und hellen Flüsse für sie allein geschaffen worden wären. Die Sonne schien ihnen warm auf den Rücken. Der Wind pfiff ein wenig zu ihrem Vergnügen. Sie atmeten seinen frischen Duft tief in ihre Lungen. Und fühlten sich frei.

Agba war fast ein bißchen traurig, als der Kutscher den Wagen vor einem großen Tor, über dem als Wappen ein Delphin zu sehen war, anhielt. Er wäre am liebsten, ohne aufzuhören, weitergeritten.

Die Herzogin dagegen schien ganz zufrieden zu sein, daß die Reise zu Ende war.

»Ich muß sagen, mein Junge«, lachte sie, wobei sie ihren Kopf müde an den vergoldeten Fensterrahmen der Kutsche lehnte, »ich muß sagen, ihr beide seht jetzt frischer aus als vor dem Ritt.«

Ein Diener in Livree öffnete das Einfahrtstor, und die mit sechs

Pferden bespannte Kutsche fuhr zunächst über eine Brücke, danach einen sanften Abhang hinauf zwischen Rotdornbäumen und Taxushecken zu dem Gestüt des Grafen von Godolphin.

Agba wollte seinen Augen nicht trauen, denn hoch oben am Hügel stand nicht etwa das Haus des Grafen, nein, die Stallungen krönten die Höhe. Ringsherum floß ein Bach, daraus tranken die Stuten mit ihren Fohlen. Agba sprang vom Pferd und stand nun mit seinen bloßen Füßen auf dem sanften, federnden Rasen. Das grüne Gras quoll zwischen seinen Zehen hervor. Er legte seinen großen Zeh auf Shams weißes Zeichen. Das weiße Zeichen! Das weiße Zeichen! Jetzt endlich würde Sham das Versprechen erfüllen, das durch dieses Zeichen gegeben war.

Die Katze Grimalkin, die sich mit großer Würde im Sattel zurechtgesetzt hatte, griff mit der Pfote nach Agba, so als wollte sie sagen: »Benimm dich, Agba! Der Graf kommt auf uns zu!«

Agba sah dem Edelmann erwartungsvoll entgegen, beobachtete aber gleichzeitig mit glänzenden Augen das herrliche Bild, das sich ihm bot: die lange Reihe von Ställen – sie lagen alle so, daß die Sonne herankommen konnte –, die schattige Koppel, den grünen Park mit dem Trainingsgelände. Steinmauern oder Zäune gab es hier überhaupt nicht, nur grüne Hecken weit draußen, wo die Weiden aufhörten. Ulmen wuchsen dort und schienen mit ihren Zweigen den Himmel zu liebkosen. Weiden tauchten ihre Finger verträumt in den Bach.

Ein junger Trainer kam mit ein paar aneinandergekoppelten Pferden in den Hof. Die Schenkel der Tiere glänzten in der Sonne.

Agba atmete rascher. Bald würde Shams Fell auch wieder glatt und glänzend sein. Bald sollte er wie der Wind unter der Sonne dahinfliegen. Bald würde er dem Grafen seine Dankbarkeit erweisen, wenn er im Rennen siegte und Gog Magog Ehre machte.

Die Gedanken wurden jäh zerrissen. Ein Mann, der Agba durch sein Aussehen an eine Spinne erinnerte und der irgendwie unaufrichtig wirkte, obgleich er noch gar nichts gesagt hatte, kam grüßend auf den Grafen von Godolphin zu.

»Einen sehr g-g-guten Morgen wünsche ich Eurer Lordschaft«, stotterte er und warf dabei einen erstaunten Blick auf das unterernährte Pferd, den seltsam angezogenen Jungen und die Tigerkatze, die mit überlegenem Lächeln auf dem Pferd saß.

Der Graf bemerkte den forschenden Blick.

»Twickerham«, sagte er, »ich habe Ihnen einen neuen Stalljungen mitgebracht, und dies ist sein kleiner brauner Hengst. Die beiden sind vom Pech verfolgt worden. Sie haben einen langen und harten Weg zurücklegen müssen. Von jetzt an sollen sie unter Ihrem Schutz stehen.«

Nur einen Augenblick verdunkelte sich das Gesicht des Mannes. »Sehr g-gut, Eure Lordschaft«, sagte er dann.

Der Graf schickte die Kutsche weg und wandte sich an Agba. »Ich las einmal eine Geschichte, die spielte in Marokko. Die Leute, die in der Erzählung vorkamen, hatten merkwürdige Namen, wenigstens für meine Vorstellung waren sie seltsam. Da war einer, der hieß El Hayanie, ja, und einer OBryhim. Und noch einer, der hieß Agba. Da du ja irgendeinen Namen bei uns haben mußt, sollten wir den kürzesten wählen und dich Agba nennen. Bist du damit einverstanden, dann gib mir die Hand drauf.«

Der Oberstallmeister sah mit vor Erstaunen offenem Mund, daß der Graf von Godolphin, Sohn des Lord-Schatzkanzlers von England, Agba die Hand entgegenstreckte. Die kleinen braunen Finger begegneten den schlanken weißen und drückten sie so herzlich, daß der Graf wirklich lächeln mußte. Agba lachte auch! Wenn der Graf es nur wüßte! Er hatte ja zufällig den richtigen Namen getroffen – Agba hieß er ja schon in Marokko.

»Nun«, sagte der Graf, »Agba, ich vertraue dich dem Oberstallmeister Mr. Titus Twickerham an. Er ist Züchter und Trainer im Gestüt von Gog Magog. Ich hoffe und wünsche, daß du dich hier wohl fühlst.«

Agba verbeugte sich erst vor dem Grafen, dann vor Twickerham, und blinzelte heftig, weil er nicht zeigen wollte, daß ihm Freudentränen in den Augen standen.

Der Graf von Godolphin räusperte sich und zupfte ein bißchen befangen an seinem Halstuch herum. »Twickerham«, sagte er zögernd, »was halten Sie von dem Hengst?«

Der Oberstallmeister schaute dem Grafen ins Gesicht, um dessen eigene Meinung dort abzulesen. Der Lord sah ihn aber ganz unbefangen an. Und nun wiegte sich Twickerham im vollen Gefühl seiner Wichtigkeit auf den Absätzen hin und her. Er näherte sich Shams Kopf. Sofort warf Sham die Nase hoch. Mr. Twickerham griff nach dem Zügel. Er versuchte Shams Kopf herunterzuziehen, aber nur mit Agbas Hilfe konnte er schließlich dem Pferd ins Maul sehen. Er bemühte sich, einen Huf des Hengstes anzuheben, aber Shams Füße wirkten plötzlich wie tief in den Boden getriebene Säulen. Mit einer federleichten Berührung hob jedoch Agba den Huf hoch, so als ob er Grimalkins Pfote wäre.

Hochrot im Gesicht machte Titus Twickerham einen Schritt rückwärts. Er prüfte Shams Maße mit den Augen. Vom Rist bis

zum Huf. Vom Rist bis zum Schweif. Er schätzte die Entfernung wieder und wieder ab. Er sah die Narben auf den Knien des Pferdes. Dann warf er die Lippen auf.

»Eure Lordschaft«, begann er, »dieses – dieses Tier hier würde bei unseren Rennen eine komische Figur abgeben. Außerdem ist es nicht kräftig genug, um die langen Strecken durchzustehen. Selbst bei der besten Pflege der Welt wird das Tier hier immer ein knieverletztes Pferdchen bleiben. Und«, hier deutete Mr. Twickerham mit seinem dünnen Zeigefinger auf Shams Kruppe, während sein Gesicht sich zu einer lächelnden Grimasse verzog, »wollen Eure Lordschaft f-freundlich die Höhe der Kruppe beachten – es ist fast eine Mißgeburt!«

»Meiner Ansicht nach«, schloß er und schwelgte im Gefühl seiner Wichtigkeit, »meiner Ansicht nach ist das Tier kein Rennpferd. Und l-lassen sich Eure Lordschaft nur nicht erzählen, daß es sich zur Zucht eignet. Fohlen, die diesen Hengst als V-Vater haben, würden heftig im Temperament sein und – und ungefügig wie Katzenschwänze.«

Der Graf von Godolphin verzog keine Miene. Ein paar Sekunden lang stand er ganz still. »Wenn das wahr sein sollte«, sagte er schließlich, »dann füttern wir das Tier zunächst einmal auf, bis es das ungesunde Aussehen verloren hat. Dann werden wir sehen, was weiter mit ihm geschieht. Vielleicht kann es an der Maschine arbeiten, die das Wasser in den Karpfenteich pumpt.« Agba schaute den Grafen fassungslos an. Sollte denn Sham, der Stolz im Stall des Sultans von Marokko, niemals eine Chance haben zu zeigen, was er konnte? Sollte er immer ein Arbeitspferd bleiben?

Kapitel 19

Hobgoblin

Agbas Enttäuschung lastete wie eine Wolke auf seinem Gemüt. Manchmal, wenn er auf Sham dahinritt, konnte sie sich für einige Zeit verziehen. Aber sobald er nicht mehr auf dem Rücken seines Pferdes saß, legte sich die Wolke wieder schwer auf seine Schultern und hüllte ihn ein, ähnlich wie sein eigener schwarzer, zerlumpter Mantel.

Er versuchte die trübe Stimmung zu verjagen, indem er daran dachte, daß Sham doch wenigstens gesund gepflegt würde. Hier gab es Hafer, Korn und Heu die Fülle. Aber jedesmal, wenn Twickerham dem Jungen zuredete, das Pferd doch noch besser zu füttern, wußte Agba, daß der Mann nur eins im Sinn hatte: er wollte Sham in der bescheidenen Rolle eines Arbeitspferdes sehen.

Und so blieb die Wolke beständig über ihm hängen. Sie verschwand sogar dann nicht ganz, wenn die Herzogin von Marlborough gelegentlich kam, um das Gestüt zu besuchen. Sie brachte dann Zuckerklümpchen für Sham mit, eine Rinderniere für Grimalkin, und Agba bekam auch jedesmal etwas. Einmal nahm sie Agba mit in die Kutsche und schenkte ihm ein Buch, in dem besonders wertvolle Zuchtpferde abgebildet waren. Mit einer Stimme, die wie Musik klang, lehrte sie Agba einige Worte, indem sie auf das entsprechende Bild zeigte, z. B. Pferd, Brauner, Fohlen, Pfosten.

Sie versprach dem Jungen, einen neuen Mantel für ihn zu bestellen. »Der soll aus Ziegenhaaren gewebt sein. Er wird genauso schön aussehen wie der Mantel, den der Sultan höchstpersönlich trägt«, lächelte sie.

Agba zeigte sich dankbar für ihre Freundlichkeit, indem er ihren Wagen besonders blank wusch und polierte. Auch die Arbeiten, die Twickerham ihm zu tun auftrug, machte er um ihretwillen so gut er konnte.

Es gab nur eine Arbeit, die Agba herzlich ungern tat. Ja, sie mißfiel ihm so sehr, daß ihm das Blut jedesmal heiß durch die Adern jagte, wenn er sie dennoch tun mußte: den Stall von Hobgoblin reinigen.

Hobgoblin war ein großer und – nach Agbas Ansicht – plump gebauter Hengst. Er glich Sham so wenig, wie ein Bulle einem

Hirsch ähnlich ist. Aber Hobgoblin war der König von Gog Magog, und sein Stall war ein Palast. Die Wände waren dick mit Katzenhaaren gepolstert und mit Leder bezogen. Man wollte auf diese Weise Hobgoblin davor bewahren, sein glattes Fell an der Mauer abzuschaben oder seinen Schweif zu beschädigen. Der Boden war mit Kalk bestreut und reichlich mit Stroh bedeckt, das Agba dreimal am Tag erneuern mußte. Eine Holzkrippe war für Hobgoblin nicht gut genug. Es mußte eine aus Marmor sein. Seine Decken trugen als Abzeichen die Krone des Grafen von Godolphin. Sogar auf seinem Fliegenschützer war eine Krone.

»Hobgoblin ist der Star, die große H-Hoffnung des Grafen, d-das ist er, Hobgoblin«, erzählte Titus Twickerham Agba, als sie an einem regnerischen Tag zusammen in dem Stall des großen Hengstes arbeiteten. »In s-seinen Adern fließt das reinste Purpur-b-blut des Königreiches.«

Der Oberstallmeister wischte mit einem sauberen Tuch Hobgoblins Augenwinkel aus und fuhr fort: »Der Graf hat sein Herz an Hobgoblin verloren. Mit diesem Hengst h-hier hofft er, die beste Pferdezucht zu gründen, nicht nur für das Königreich, nein, in der ganzen Welt.«

Agba zog es vor, auf das Klatschen des Regens draußen zu horchen, aber der Oberstallmeister übertönte das Rauschen.

»Gerade jetzt, wo wir uns h-hier unterhalten, guckt der Graf sich nach einer Stute um, die Hobgoblin ebenbürtig ist. Nun«, sagte er, »nun verstehst du, warum Hobgoblin in einem feineren Stall untergebracht ist als d-dein Zwerg. Hobgoblin ist der König von Gog Magog, das ist er!«

Seit dieser Zeit waren Agbas Lippen immer fest zusammengekniffen, wenn er Hobgoblins Stall sauber machte. Er haßte den Hengst. Er haßte seine Größe. Er haßte seine mächtigen Beine und Schenkel. Er haßte seine gutgenährte Glätte. Aber am meisten haßte er Hobgoblins Auge. Es hatte überhaupt kein Feuer. Sein Ausdruck war eher schläfrig. Nur wenn das Tier aufgeregt war, zeigte das Auge einen weißen Rand.

Hier gehörte eigentlich Sham her, dachte Agba bei jedem Schwung, den er der Forke gab. Purpurblut, in der Tat! Shams Vorfahren stammen ab von den Pferden aus dem Stall des Propheten selbst!

Eines Tages, nicht lange nachdem der Oberstallmeister Hobgoblins Wichtigkeit erklärt hatte, glühte ganz Gog Magog vor Aufregung. Der Herr von Godolphin guckte immer wieder nach Hobgoblin. Für gewöhnlich war das Benehmen des Grafen zurückhaltend und seine Haltung ruhig. Aber an diesem Tag waren seine Schritte eilig, und seine Worte fielen rasch.

Was Titus Twickerham anbetraf, so war er derartig nervös, daß er sein Stottern nicht mehr meistern konnte.

»D-d-d-du, Ag-g-g-ba. D-du legst gleich mal f-f-frisches Stroh in den St-stall von der n-n-neuen Stute. Und dann wasch die Krippe aus. Und d-dann tu ein Maß W-Weizen rein. Die Stute Lady Roxana kommt heute.«

Der übertriebene Ton, in dem Titus Twickerham das Wort »Lady Roxana« vorbrachte, ließ Agba die Lippen fest zusammenbeißen. Es war der gleiche Tonfall, in dem er von Hobgoblin zu sprechen pflegte. Lady Roxana! Hobgoblin! Hobgoblin! Lady Roxana! Die Namen verschmolzen in Agbas Vorstellung zu einer Einheit. Ohne Lady Roxana gesehen zu haben, wußte er, daß sie fett sein würde und einen krummen Rücken hatte und alles in allem häßlich sein mußte.

Als Agba den Stall der Stute zurechtmachte, sah er den Grafen mit einem Dutzend Edelleuten zur Koppel eilen. Sie gingen dort umher, sprachen mit gedämpften, erwartungsvollen Stimmen, ließen die Reitpeitschen in der Luft schwirren, nahmen kleine Portionen von Schnupftabak und niesten leicht.

Auf einmal schrien die Pferdejungen: »Sie kommt! Sie kommt!«

Agba flog aus dem Stall. Er hielt seine Hände zusammengerollt vor die Augen, als ob er durch ein Fernglas guckte, und blickte gespannt den Feldweg hinunter. Aber die Spätnachmittagssonne blendete ihn. Er sah zunächst überhaupt nichts. Nur die Rotdornsträucher und Taxushecken standen wie immer da, dunkel und still.

Dann plötzlich bemerkte er, daß sich da unten irgend etwas bewegte. Und nun wurde das Bild klarer. Ganz deutlich sah er einen leuchtend roten Leiterwagen, der von zwei Apfelschimmeln gezogen wurde.

Die Pferde polterten über die Brücke, und kamen zwischen Rotdorn und Taxus den Hügel hinauf. Sie rückten immer näher an die Stallungen heran. Der Kutscher, ein großer Mann in roter Livree, zog die Leine an. Als die Pferde schnaubend standen, sprang ein Lakai von seinem Sitz neben dem Kutscher herab, rannte um den Wagen herum und öffnete hinten eine Klappe, die nun als schräge Rampe zum Boden hinunterführte. Während der Lakai sich tief verbeugte, übergab er dem Oberstallmeister des Grafen die Trense eines Pferdes.

»Lady Roxana, Tochter von Bald Galloway!« rief er prahlerisch, als ob er das Erscheinen einer Prinzessin auf einem Ball ankündigte.

Die Edelleute und alle Pferdejungen warteten atemlos. Titus Twickerham sah den Grafen mit fragend hochgezogenen Augenbrauen an. Der Graf nickte zustimmend. Da ging denn der Oberstallmeister, fast berstend vor Wichtigtuerei, auf Lady Roxana zu und führte sie die Rampe hinunter auf die Weide. Langsam und zärtlich, so als ob er ein Standbild entschleiere, zog er dem Pferd die Hülle ab, die man ihm zum Schutz während der Reise umgelegt hatte, und nahm die Purpurdecke von seinem Rücken.

Eine ehrfurchtsvolle Stille lag über der kleinen Gesellschaft. Dann war es, als ob plötzlich ein Deich nachgäbe und die Fluten der Begeisterung laut strömend hervorbrächen. Mit Juwelen geschmückte Hände klatschten begeistert Beifall.

Der Graf von Godolphin strahlte. Hier fand er endlich die Erfüllung eines schönen Traumes!

Bis auf den Schweif, der wie ein rauchfarbener Federbusch aussah, wirkte Roxana in der Sonne wie eine Erscheinung aus weißem Marmor. Sie trug keine Schabracke, hatte nur ein seidenes Halfter an und über den Augenbrauen winzige Rosetten aus blauem Satin.

Roxana prüfte leicht stampfend den federnden Rasen. Sie schien glücklich darüber zu sein, daß die holprige, polternde Fahrt vorbei war. Sie wieherte hell.

Plötzlich antwortete ihr ein anderes Wiehern, so wild und entzückt, daß es Agba jäh den Rücken hinauf- und herunterlief.

»Aha«, sagte einer der Edelleute, »Hobgoblin ruft seiner Braut ein Willkommen zu.«

Ein Lächeln ging über Agbas Lippen. Das wiehernde Willkommen kam nicht von Hobgoblin, sondern von Sham.

Im gleichen Augenblick wurde Roxana ganz munter. Sie warf den Kopf zurück, hob den Schweif, spitzte die Ohren. Die Edelleute staunten und waren verzaubert. Schon gleich war Roxana ihnen prächtig vorgekommen, jetzt aber wirkte sie wie ein lebendiges Standbild.

Agbas Herz wurde weich. Er hatte sich vorgenommen, Roxana zu hassen. Es ging nicht. Der Haß war wie weggeweht.

»Was für ein Ebenmaß!« rief der Herzog von Bridgewater begeistert.

»Schön wie ein Gedicht!« rühmte Lord Villiers.

»Ja, ungewöhnlich gut gebaut«, meinte der Graf von Marmaduke.

Agba hörte kaum, was sie sagten. Am Ende der Ställe sah er Shams Kopf über die Stalltür weggucken. Er beobachtete, wie Roxana kokett ihre Mähne schüttelte, als wäre sie ein hübsches Mädchen, das seine schönen Locken zeigen will. Er horchte, wie sie nun wieder wieherte, diesmal sanfter und voller als das erstemal.

Jetzt antworteten ihr zwei. Ein tiefes grunzendes Wiehern kam von Hobgoblin und ein verzückter Schrei von Sham.

»Twickerham«, sagte der Graf erregt, »Hobgoblin soll seine Gefährtin haben. Lassen Sie ihn 'raus aus dem Stall!«

Wieder atemloses Schweigen ringsum! Es war so still, daß Agba ein Blatt vom Baum fallen hörte. Ein Goldfink zog am Himmel seine Kreise und versuchte, ein kleines Lied anzustimmen.

Titus Twickerhams Worte »eine Gefährtin, die Hobgoblin ebenbürtig ist« lagen Agba unangenehm im Ohr. Hobgoblin, diesem überfütterten Hengst! Agba konnte diese Ungerechtigkeit nicht länger ertragen. Er rannte auf Shams Stall zu. Weit riß er die Tür auf – und eine Zunge von goldenem Feuer brach daraus hervor. Das Feuer aber war Sham, Sham, der laut jubelnd wieherte, Sham, der seine Freiheit mit wilden Sprüngen kostete. Er überholte Hobgoblin, der eben aus dem Stall gelassen wurde und wirbelte um ihn herum. Er forderte den König von Gog Magog heraus. Hobgoblin warf den Kopf in die Luft und zerriß damit die Trense, an der er gehalten wurde. Für einen Augenblick tödlichen Schweigens maßen sich die beiden Hengste mit ihren Blicken. Dann gingen sie aufeinander los. Das geräuschvolle Stampfen ihrer Körper ging unter in den wilden Schreien, die sie ausstießen.

Die Stallmeister und Pferdejungen standen verblüfft, wie vor den Kopf geschlagen. Sekundenlang konnten sie sich nicht rühren. Dann rannten sie alle auf einmal los, stolperten übereinander, schütteten Eimer Wasser zwischen die wütenden Hengste. Doch das war völlig nutzlos und bedeutete nicht mehr, als wenn man einen Waldbrand mit Reisigbesen ausklopfen wollte. Die Luft zitterte und dampfte von schlagenden Hufen, von Schreien und wildem Schnauben.

Sham war klein und fix. Seine Beine waren wie federnder Stahl. Er tanzte darauf herum und stieß wild damit zu. Hobgoblin wirkte neben Sham wie ein übergroßes Streitroß. Jetzt warf er seinen schweren Körper herum und holte mit der ganzen Kraft seiner mächtigen Hinterbeine zu einem gewaltigen Schlag aus.

Agba nickte anerkennend, als Sham sich hinwarf, um dem Angriff auszuweichen. Eine Sekunde später war der kleine Hengst wieder hoch, jagte um den großen herum, um ihn wieder von vorne anzugreifen und schlug aufs neue mit seinen kieselharten Hufen auf ihn ein. Agba sah, wie Sham das Maul aufriß und seine jungen starken Zähne zu Hilfe nahm, nicht um zu beißen, sondern um damit auf den anderen loszuhämmern. Die Hiebe waren für Hobgoblin nicht viel stärker als Hagelschläge, brachten den Hengst aber in wilde Wut. Er stürmte vorwärts, fletschte die Zähne und wollte Sham damit im Nacken packen.

Mit einem jähen Schrei warf Sham den Kopf hoch, stieß ihn unter Hobgoblins Kinnbacken und hob den anderen auf die Hinterfüße. Gleichzeitig versetzte das kleine Pferd Hobgoblin einen Schlag nach dem anderen, es hagelte nur so von Hieben. Dadurch wurde der Große mehr und mehr auf die Hinterbeine gedrängt, bis er schließlich, wie ein Dreschflegel um sich schlagend und stampfend, hintenüberfiel.

Ein durchdringender Siegesschrei brach aus Shams Kehle. Stürmisch suchte er nach Lady Roxana. Er sprang über sie hinweg, er stolzierte auf seinen Beinen, als ob sie gefedert wären. Stolz bog er seinen prächtigen Nacken. Er hob den Schweif. Seine Augen blickten kühn, sein Körper war feucht und glänzend. Sham, der Leichtfüßige, der Stolz im Stall des Sultans von Marokko, paradierte vor der schönen Roxana.

Plötzlich waren sie beieinander, berührten sich mit den Nasen, erzählten sich mit aufgeregtem Kopfnicken vielerlei Interessantes. Dann rannten sie mit fliegender Mähne und wehendem Schweif zum entgegengesetzten Ende der Koppel. Agba schien es ganz selbstverständlich, daß sie möglichst weit weg sein wollten von dem widerwärtigen, stöhnenden Hobgoblin.

Agba hätte vor Freude singen mögen oder reden, lachen, schreien! Hilflos preßte er seine Hand an die Kehle. Aber da sprang Roxana für ihn ein. Sie jubelte! Ihr Wiehern, hoch und freudig, drückte alles das aus, was Agba sagen wollte.

Kapitel 20

Das böse Moor

Wie betäubt hatten die Leute auf der Weide den Ereignissen zugesehen. Schweigend führte nun der Graf seine Gäste fort. Twickerham rannte auf Hobgoblin zu, rollte ihn herum, bis der Hengst auf dem Bauch lag, und half ihm beim Aufstehen. Als das Tier glücklich wieder im Stall war, folgte der Stallmeister dem Grafen. Er mußte von ihm wissen, was geschehen sollte, ehe er Agba wiedersah.

Um seine Freude nicht zu zeigen, war der Junge inzwischen wieder an seine Arbeit gegangen. Erst als die Dämmerung kam, wurde ihm allmählich klar, was er getan hatte. Sein Vergehen fiel ihm schwer auf die Seele. Er hatte ohne Befehl gehandelt. Er hatte Sham erlaubt, mit Hobgoblin zu kämpfen. Wie leicht hätte Sham Hobgoblin töten können. Und der Hengst war doch der Liebling des Grafen, sein Hoffnungsstern!

Der Junge seufzte tief. Er hatte den besten Freund, der ihm begegnet war, gekränkt. Er war bereit, jede Strafe dafür hinzunehmen.

Daher überraschte es ihn gar nicht, als er – während er bei Sham im Stall war – Titus Twickerham mit eiligen Spinnenbeinen auf sich zukommen sah. Ein langer, dunkler Schatten lief ihm voraus, weil Twickerham in jeder Hand eine Stallaterne trug.

»Agba!« rief er, sobald er nahe genug herangekommen war. »Was ich dir zu sagen habe, kann über die Tür hinweg gesprochen werden.«

Diesmal stotterte er nicht ein bißchen. Es war so, als hätte er die Rede vorher mit Vergnügen ausgedacht und die Worte zu einem Knäuel zusammengerollt, das er jetzt nur abzuwickeln brauchte.

»Der Graf will dich los sein«, verkündete er. »Er will, daß dein Name und der Name deines Pferdes nie wieder in seiner Gegenwart erwähnt werden. Er ist bange, daß er sich bei eurem Anblick vielleicht nicht immer in der Gewalt hat! Verstehst du?«

Agba ließ den Kopf hängen. Er verstand es, o ja! Er dachte an die Weizenähre und fuhr unbewußt über den seltsamen Haarwirbel an Shams Brust.

»Guck mich an, du Dummkopf! Nimm deine Finger von dem Unzeug! Hör genau zu! Dein ganzer Klepper ist gerade gut genug als Mahlzeit für deine Katze. Aber Seine Lordschaft sagt, du solltest das Tier sofort satteln und in Richtung auf den Nordstern reiten, bis du zur Herberge ›Upware‹ kommst. Mach voran mit deinem Sattel! Los!«

Agba ging und holte den Sattel. Seine Hände flogen vor Aufregung, als er ihn über Shams Rist hob und zurechtlegte. Sham streckte seinen Nacken in die Richtung, aus der Titus Twickerhams Stimme kam, öffnete sein Maul, fletschte die Zähne und stieß ein hohes und mächtiges Wiehern aus.

»Tod und Teufel!« spuckte der Oberstallmeister seine Wut heraus. »Schrei du nur jetzt noch! Du und deine Kapuzenkröte von einem Jungen und deine Katze, ihr kommt nach Wicken Fen! Dort, in dem elenden Moor, könnt ihr eure Tage beenden.«

Agba fröstelte. Der Abendnebel kroch heran und damit zugleich die Erinnerung an die dunstige Luft im Gefängnis New Gate.

»Da zitterst du in den Eingeweiden, wie?« höhnte der Oberstallmeister. »Agba! Oh, was für ein schöner Name aus einem Roman! Nun wollen wir mal sehen, ob er dir helfen wird, Anweisungen richtig zu befolgen. Wenn du nach ›Upware‹ kommst, wirst du in dem Giebel des Hauses ein paar Worte geschrieben finden. Da steht: Fünf Meilen von hier das Land Nirgendwo. Nur keine Eile!«

Titus Twickerham kratzte sich am Kopf. »Hu je! Vielleicht

kannst du noch weniger lesen als sprechen, was? Ach, macht nichts, du kannst die Herberge nicht verfehlen, wenn du auf den Nordstern zu reitest. Dann hältst du dich rechts, und fünf Meilen weiter kommst du – – kommst du – –«, er stieß seinen Kopf nahe an Agbas Ohr heran und zischte die Worte durch die Zähne, »kommst du nach Wicken Fen! Und da in dem glitschigen Moor findest du einen geisterhaften Schuppen, der wartet haargenau auf dich.«

Agbas Hände wurden eiskalt. Mechanisch zog er Shams Sattelriemen fest. Schließlich stand das Tier fertiggesattelt da. Agba steckte Shams Striegelbürste in die Satteltasche und ein Spielzeug, das die Herzogin Grimalkin einmal gegeben hatte. Weiter gehörte ihnen nichts.

»Seine Lordschaft ist viel zu freundlich zu dir«, murmelte der Oberstallmeister, als er die Tür öffnete. »Er hat mir befohlen, an jedem von deinen Steigbügeln eine Laterne zu befestigen, damit du nicht in die Moorgräben fällst und ertrinkst. Mir scheint, es wäre doch fein, euch auf so einfache Weise loszuwerden. Dann brauche ich euch nicht, wie mir befohlen worden ist, alle vierzehn Tage Gerste und Haferflocken zu schicken!«

Er kam dem Jungen jetzt so nah, daß sein struppiges Haar Agbas Gesicht kitzelte. »Was mich betrifft, so möchte ich lieber lebendig begraben werden, als nur eine Nacht in dem Moor zubringen.«

Grimalkin miaute kläglich, sprang Mister Twickerham auf den Kopf und von da auf Shams Sattel. Von dieser stolzen Höhe blickte die Katze auf den Stallmeister herunter, als wenn sie sagen wollte: »Ein Steigbügelhalter bist du und weiter nichts.«

Twickerham sah die Katze mit verzerrtem Gesicht an. »Du und deine stummen Freunde, ihr seid alle zusammen nichts weiter als Moorbewohner!«

Agba stieg nun auf, und die drei armen Kreaturen ritten in die Nacht hinaus.

Das Leben im Moor war hart, wenn Mister Twickerham auch notgedrungen die Befehle des Grafen ausführte und einen Bauern mit Gerste und Hafergrütze schickte, solange die Wege gangbar waren. Der Mann lieferte seine Ladung ab und machte sich wieder davon, so schnell er nur konnte.

War er wieder fort, dann machte Agba ein Torffeuer und kochte für alle drei Gerstengrütze.

Manchmal fing Agba Aale und Hechte in dem Fluß, der sich durch das Moor schlängelte. Aber im Fischfang war er nicht sehr

geschickt, denn er hatte nur einen spitzen Stock als eine Art Speer, mit dem er die Fische aufzuspießen versuchte. Außerdem war das lange Schilfgras am Ufer des Flusses messerscharf. Es zerschnitt Agbas Arme und Beine, so daß er sich mit Fetzen aus seinem Turban verbinden mußte. So kam es denn nicht allzuoft vor, daß er und Grimalkin sich an einer schmackhaften Fischmahlzeit erfreuen konnten.

Was Titus Twickerham von Wicken Fen erzählt hat, ist wahr, dachte Agba in langen Nächten, wenn der Wind um den Schuppen heulte und die Eulen klagend schrien. Es war wirklich ein grausiges Stück Erde.

Im Winter hielt eine dicke Schneemauer die drei Gesellen in ihrem Schuppen gefangen. Dann fielen Agba alle die Versprechungen ein, die er Sham einst gemacht hatte, und er sah prüfend in Shams purpurfarbenes Auge, um festzustellen, ob das Pferd ihm noch vertraute.

Statt einer Antwort begann Sham dem Jungen sanft mit den Lippen den Nacken entlang zu schnuppern. »Wir sind beieinander«, sagte er auf seine Weise. »Wir drei Moorbewohner!« Oft stampfte er aber auch ungeduldig mit den Vorderbeinen den Lehmboden der Hütte, als ob er in den heulenden Sturm hinauswollte. Agba hob Shams Huf auf und fühlte, wie gesund und heil er war mit seinem harten Rand und der seidigen Weiche. Sieh doch, dachte er, Sham ist wohlauf und stark. Die Macht des bösen Zeichens kann nicht immer dauern. Und er lachte, wenn er Shams nun zottig gewordenes, aber hübsch warmes Fell ansah und wenn er in seine eigenen, inzwischen langgewachsenen Haare griff.

Der Winter verging. Der Frühling kam und streute Moorblumen zwischen das trockene Schilfgras. Sham rollte sich auf dem Boden herum, um seinen dicken Winterpelz abzuschaben. Wenn er dann aufsprang, lagen dicke Büschel seines braunen Haares im Gras. Sobald der Hengst den Rücken drehte, kamen Drosseln, Finken und Spatzen, griffen blitzschnell nach den Pelzzotteln und bauten ihr Nest damit.

Wieder verging ein Jahr, und die ganze Zeit über sah Agba nicht einen einzigen Menschen, außer dem Bauern, der ihm das Korn brachte, und der sich selbst als Wilderer bezeichnete, weil er Enten und Gänsen Fallen stellte. Der Mann blickte mit seinen vogelähnlichen Augen auf die drei Ausgestoßenen, schüttelte dann den Kopf und ging des Weges, als ob er sich in seiner eigenen Gesellschaft wohler fühlte.

Aber die Tiere von Wicken Fen gewöhnten sich an Sham, Agba und Grimalkin. Die Schmetterlinge streiften Shams Nase und ließen den Staub ihrer Flügel als Zeichen ihres Vertrauens darauf zurück. Agba befreundete sich mit einer Krähe, die manchmal ganz ruhig auf seiner Schulter saß und im nächsten Augenblick wie ein Pfeil die Luft durchschnitt.

Wicken Fen war nicht immer trostlos. Es waren schöne Stunden, wenn Agba und Grimalkin bei gutem Wetter im Sonnen-

aufgang den Moordamm entlang auf Shams Rücken zur Quelle des Flusses ritten. Sie flogen eher, als daß sie ritten, denn Shams Hufe waren nicht mehr beschlagen, und das Gras dämpfte seine Schritte. Wenn sie so in der aufgehenden Sonne dahinsausten, konnte man meinen, daß die drei zu einem einzigen Wesen verschmolzen wären. An der Quelle tranken sie zusammen mit anderen Tieren, mit den wilden Enten und den Möwen.

Eines Tages, als Agba das Strohdach des Schuppens ausbesserte, sah er weit in der Gegend umher und entdeckte plötzlich eine Staubwolke, die näher kam. Es war nicht ein unbedeutendes Wölkchen, nein, eine sich lang hinziehende Wolke, als ob viele Pferde Staub aufwirbelten.

Er ließ sich vom Dach hinuntergleiten und schaute schnell nach Sham aus. Da war er, nur wenige Meter entfernt, machte lustige Sprünge und schlug aus wie ein junges Fohlen. Der Junge rannte zu ihm, führte das Pferd in den Schuppen und schloß sorgfältig die Tür. Als er wieder nach draußen lief, wäre er beinahe über die Katze gestolpert. Er beförderte auch sie in den Schuppen. Dann stand er vor der Hütte und legte seine Arme schützend vor die Tür. Für sich selbst fürchtete er nichts – sein Herz schlug nur heftig aus Angst um Sham.

Agba blinzelte gegen die Sonne. Er konnte einen Leiterwagen erkennen, der von zwei Pferden gezogen wurde und von vielen Reitern begleitet daherkam. Die Gesellschaft kam immer näher auf Agba zu.

Jetzt konnte er den Wagen deutlich sehen. Er war leuchtend rot. Es war derselbe Wagen, mit dem Roxana nach Gog Magog gebracht worden war! Auf dem Kutschbock saß Titus Twickerham!

Mr. Twickerham schwenkte seinen Hut in der Luft. Dann warf er ihn mit einem Schwung auf die Erde. Im gleichen Augenblick stiegen die Reiter ab.

»Ho, d-du d-da, Junge!« stotterte der Oberstallmeister aufgeregt. »Wir kommen um deinetwillen und für das Pf-Pferd!« Plötzlich bemerkte er, daß Agba allein war. Sein Gesicht wurde fahl. »Das Pferd«, fragte er, »es ist doch nicht-t-t-t . . .?«

Gerade in diesem Augenblick wieherte Sham laut auf. Mr. Twickerhams Gesicht bekam wieder Farbe. »J-Junge«, sagte er in honigsüßem Ton, »erinnerst du dich noch an die Stute Lady Roxana?«

Agba nickte. Sein Herz klopfte aufgeregt. »N-nun, mein Junge, ich muß dir etwas erzählen. Es ist jetzt schon viel länger als ein Jahr her, da gehe ich eines Morgens in ihren Stall. Und Donner und Doria! Was sehe ich an ihrer Seite? Ein kleines Fohlen! Einen winzigen Hengst!« Twickerham kam einen Schritt näher an Agba heran. »Und«, grinste er, wobei sämtliche Zahnlücken zum Vorschein kamen, »was denkst du, das kleine Ding war das genaue Ebenbild von deinem Araber!«

Agba sah die Reiter an, als ob er fragen wollte, wieweit man die Geschichte glauben dürfte.

»Er sagt die Wahrheit«, rief einer, »nicht wahr, Jungens?«

»Ja, das tut er!«

Agbas Herz wurde warm. Wenn er das Fohlen doch nur einmal sehen dürfte!

»Natürlich, der Graf haßte das Fohlen«, fuhr der Oberstallmeister fort. »Darum nannte er den kleinen Hengst Lath, das bedeutet ›Latte‹, weil er doch nur Haut und Knochen war. Und der Graf sagte zu mir: ›Twickerham, wir ziehen das kleine Ding natürlich auf. Aber kein Training, das lohnt sich ja nicht.‹«

Während Twickerham erzählte, begannen die Kutschpferde zu scharren. Der Oberstallmeister befahl einem Burschen, die Tiere auszuschirren, damit sie grasen könnten.

»Und nun, Agba, hör gut zu, wie's weiterging«, sagte er. »Lath wächst also heran. Und gestern, als die Zweijährigen auf dem Ring trainierten, beobachtete Lath sie von der Weide her. Und was denkst du, was da geschah?«

Agbas Augen fragten gespannt.

»Nun, dieser Bursche, dieser Lath, er sp-springt über den Zaun, jagt auf eigene Faust im Ring herum, holt die anderen Pferde ein, überholt sie und schießt vorwärts wie eine Rakete, bis er sie alle weit hinter sich gelassen hat. Und die Zweijährigen waren zum Teil M-Monate älter als er. Keiner davon war fähig, Lath einzuholen.«

Agba konnte seine Aufregung kaum noch verbergen. Eine Frage lag ihm im Sinn. Der Oberstallmeister beantwortete sie, als ob der Stumme sie ausgesprochen hätte.

»Jaja, mein Junge. Durch irgendeinen Zufall sieht Seine Lordschaft die ganze Vorstellung und reißt die Augen so weit auf, daß ich bange wurde, sie könnten ihm herausfallen. ›Twickerham‹, stammelte er mühsam, ›Twickerham‹, sagte er, ›ich habe mich geirrt. Es sieht mir so aus, als ob Agbas kleines Araberpferd der richtige Stammvater für eine neue Zucht von edlen Rennpferden ist. Hol ihn nach Haus! Twickerham! Nach Haus!‹«

Titus Twickerhams Gesicht wurde breit vor vergnügtem Grinsen. »So sind wir d-denn hierhergekommen, Bürschchen, um deinen Hengst im Triumph nach Hause zu holen. Und für dich haben wir einen schneeweißen Mantel und einen Turban mitgebracht. Die Herzogin schickt dir beides. Sie hat die Sachen von weither, gleich von Marokko, kommen lassen!«

Wenige Minuten später wurde Sham, der seit zwei Jahren zum erstenmal wieder eine Decke trug, in den leuchtend roten Wagen geladen, während Grimalkin mit zufriedenem Gesicht auf seinem Rücken saß. Agba stand hinten im Wagen und warf durch die gutgepolsterten Latten einen letzten Blick auf das Moor. Er hörte, wie die Peitsche knallte, und er fühlte den Boden unter seinen Füßen zittern. Er sah, wie sich die Reiter in ihren schönen roten Jacken sammelten, um loszureiten. Da beugte er sich nieder und berührte Shams weißes Zeichen.

Endlich wurde Sham so geehrt, wie es ihm zukam. Schließlich wurde doch noch alles so, wie es sein mußte.

Auf nach Gog Magog!

Kapitel 21

»Gottes Gefilde«

Der Graf wartete in Gog Magog, um Sham persönlich willkommen zu heißen. Er selbst führte dann das Pferd, nicht zu seinem alten Stall, sondern vor Hobgoblins Palast. Hobgoblins Name stand nicht mehr an der Tür. Statt dessen waren dort nun viele Buchstaben zu lesen. Agba studierte: »Araberhengst Godolphin«, buchstabierte er. Wahrhaftig! Der Graf gab Sham seinen eigenen Namen! Ein königlicher Name! Agba hätte dem Grafen am liebsten die Hände geschüttelt, aber ein Pferdejunge durfte sich natürlich solche Freiheiten nicht herausnehmen. Während er noch heftig darüber nachdachte, wie er seine Dankbarkeit wohl zeigen könnte, streckte der Lord ihm selbst die Hand hin. Agba legte seine kleine Hand mit all ihren Schwielen in die weiche des Grafen, die aber so fest zugriff und Agbas Hand so kräftig drückte, daß der Junge zu blinzeln anfing. So standen sie eine kleine Weile. Dann räusperte sich der Graf. »Godolphin – der Name bedeutet ›Gottes Gefilde‹«, sagte er, und seine Stimme klang bewegt. »Und hier, in Gottes Gefilden, soll dein Araber bis zum Ende seiner Tage leben. Komm, Agba, überrede ihn, sein neues Quartier zu beziehen.«

Sham schien ein bißchen klein und drollig in Hobgoblins großem Stall, aber er benahm sich darin, als ob er ihm mit Recht zukäme. Er rieb seinen Schweif an den dickgepolsterten Wänden und rutschte daran entlang, so als ob die weiche Polsterung ihm großen Spaß machte.

Und Wunder über Wunder, er sah Lady Roxana wieder. Die beiden Pferde begegneten sich mit so freudigem Wiehern, daß man die Begeisterung sicher bis weit hinein nach Wicken Fen hören konnte. Roxana schien es gar nicht zu bemerken, daß Shams Fell rauh und struppig war. Und Sham schien nicht zu sehen, daß Roxana nicht mehr das zierliche Pferdefräulein von damals, sondern eine mollige Zuchtstute geworden war.

»Ein so jubilierendes Wiehern habe ich nicht mehr gehört seit dem Tag, an dem sich die beiden zum erstenmal begegnet sind«, sagte der Graf zu Agba.

Das Leben nahm nun einen angenehmen Verlauf. Sham hatte seine eigene Weide. Von dort aus konnte er alles, was um ihn herum vorging, beobachten. In den beiden folgenden Jahren sah er zweimal, wie sein Sohn Lath Gog Magog verließ, um in den großen Rennen von Newmarket mitzulaufen. Er hatte keine Ahnung, daß Lath der Stolz und Triumph von Newmarket war, aber er wieherte seinem Sohn jedesmal, wenn er nach dem Rennen heimkam, ein Willkommen zu.

Als Roxana Sham einen zweiten Sohn schenkte, den die Menschen »Cade« nannten, legten Vater und Sohn zärtlich die Nasen aneinander, und Sham schnupperte an Cades Kruppe entlang. Es schien, als ob er stolz darauf wäre, diesen Sohn bekommen zu haben. Die Katze Grimalkin kam auch, um an Cade herumzuschnuppern, aber dann zog sie die Nase kraus, so als ob sie sagen wollte, daß sie ihren alten Stallgefährten doch vorzöge. Übrigens wurden ihre Knochen allmählich alt, und sie liebte daher den Luxus, den sie in Shams Stall genießen durfte.

Shams dritter Sohn wurde ein Jahr nach Cade geboren. Sie nannten ihn »Regulus« und er hatte genauso wie Lath und Cade die hohe Kruppe und die zierlich gebauten Beine dieser Zucht.

Als Regulus zwei Jahre alt war, ließ der Graf von Godolphin eines Tages Agba zu sich in sein Haus rufen. Es war das erstemal in all diesen Jahren, daß Agba das stattliche Backsteinhaus betrat. Ein Diener führte ihn in die Bibliothek, wo der Graf trotz des warmen Tages vor einem offenen Feuer saß.

»Setz dich, lieber Freund!« sagte der Lord und deutete auf einen lederbezogenen Hocker, der ihm gegenüberstand.

Agba war nicht gewöhnt, irgendwo anders als auf dem Fußboden zu sitzen. Schüchtern ging er um den Hocker herum wie ein Hund, der die richtige Stelle zum Hinlegen nicht finden kann. Dann beugte er sich vor und setzte sich ganz behutsam hin. Nachdem er sich vergewissert hatte, daß er nicht hinunterfiel, zog er die Beine hoch, kreuzte sie und wartete darauf, daß der Graf zu sprechen anfinge.

Das Gesicht des Herrn sah besorgt und alt aus. Er schien in irgendeinen Gedanken vertieft, und es war so, als ob er Agbas Gegenwart vergessen hätte. Geistesabwesend griff er nach einer Feuerzange, nahm eine glühende Kohle hoch und steckte seine Pfeife an. Agba beobachtete, daß die Hand des Grafen dabei leicht zitterte.

Der Junge blickte zur Seite. Er sah sich das Zimmer so genau an, als wollte er das Bild für immer in sein Gedächtnis einzeichnen. Aber plötzlich war es ihm, als erblickte er, wohin er auch schauen mochte, die Weizenähre und das weiße Zeichen. Die Symbole tanzten vor seinen Augen herum. Er glaubte sie in den Buchrücken zu sehen, die an den Wänden entlang standen, oder auch in den Rauchwolken, die der Graf in die Luft dampfte, und in den tanzenden Flammen des Kamins. Die Zeichen des Erfolges und des Mißgeschickes! Er hatte sie fast vergessen. Jetzt schienen sie ihm plötzlich überall zu sein. Agba wäre am liebsten aus dem Haus gelaufen, um nachzusehen, ob Sham vielleicht etwas zugestoßen wäre. Aber die Stille und der Rauch legten sich ihm so schwer auf die Brust, als wollten sie ihn ersticken. Gerade als er überzeugt war, daß er nun nicht einen einzigen Atemzug mehr tun könnte, begann der Graf zu sprechen.

»König Charles«, begann er, »König Charles pflegte zu meinem Vater zu sagen, daß er niemals auf dem richtigen, aber auch niemals auf dem falschen Wege wäre. Und das gleiche«, sagte der Lord mit einem bedeutungsvollen Blick auf Agba, »das gleiche möchte ich von dir sagen.«

Agbas Augen hingen unverwandt an dem Gesicht des Grafen.

»Mir scheint es richtig«, fuhr der Graf fort, »daß du weißt, warum ich das sage, denn von deinem Hengst wird man später erzählen, daß er die Ehre hatte, die englische Pferdezucht entscheidend veredelt zu haben. Schon zeigt sich die Schnelligkeit und Kraft deines goldenen Arabers in seinen Fohlen. Wärest du nicht gewesen, Agba, dann hätte ich vielleicht das reinste orientalische Blut achtlos verschmäht.« Obwohl diese Worte so harmlos klangen, fühlte Agba, daß hier irgend etwas nicht in Ordnung war. Er wartete gespannt.

»Wenn ich dir jetzt sage, daß ich ein armer Mann bin, wird

dich diese Mitteilung vielleicht erschrecken. Ich besitze nichts mehr in der Welt außer einem Titel.«

Agba riß erstaunt den Mund auf. Sein Blick wanderte zu dem blanken Parkettboden, von dort zu den glänzenden Silberleuchtern und weiter durch das große Fenster zu dem Gärtner, der draußen die Hecke schnitt.

»Ja«, nickte der Graf, »große Besitzungen kann man nur halten, wenn man viel Geld zur Verfügung hat. Ich bin übel dran. Meine Schulden wachsen ins Uferlose. Weiden müssen gepflegt, Pferde beschlagen, Hufschmiede bezahlt werden.« Er machte eine Pause und fuhr dann fort: »Ja, Agba, es ist möglich, daß ich an dem Tage, an dem die Qualität des englischen Rennpferdes auf die entscheidende Probe gestellt wird, die Ställe und Weiden aufgeben muß. Wo jetzt das Gestüt liegt, werden dann Äcker und Felder sein.«

Die Worte klangen dumpf. Die goldene Uhr auf dem Kaminsims schlug die Stunde an. Ein Holzklotz kippte um und versprühte einen Funkenschwarm, der zuckend in die Asche zurückfiel.

Sekundenlang starrte der Graf ins Feuer. Dann zeigte sich ein schwacher Hoffnungsschimmer in seinen Augen. »In diesem Frühling ist ein Dreitagerennen in Newmarket«, sagte er. »Von der Königin ist ein Preis ausgesetzt. Sollte Lath oder Cade oder Regulus, einer von den dreien diesen Preis gewinnen, dann brauche ich das Gestüt allerdings nicht aufzugeben. Der Preis ist nämlich tausend Guineen wert.«

Das Blut rann Agba wild durch die Adern. Vor Aufregung wäre er fast vom Hocker gerutscht. Er wartete auf das, was der Graf weitersagen würde. Dessen Worte fielen rasch.

»Es kommt nicht oft vor, daß ein Hengst drei berühmte Söhne hat, die noch dazu im gleichen Rennen laufen. Obwohl der Araber Godolphin selbst für die Konkurrenz zu alt ist, möchte ich vorschlagen, daß wir ihn mit nach Newmarket nehmen. Er soll Lath und Cade und Regulus im Rennen laufen sehen. Was hältst du davon?«

Der Graf sah den Jungen forschend an, und als er Hoffnung und Stolz in dessen Gesicht aufleuchten sah, warf er den Kopf zurück und lachte zufrieden.

Kapitel 22

Der Preis der Königin

Newmarket! Welch erregendes Wort! Seit Agba in England war, hatte er diesen Namen von Hufschmieden, von Jockeis, Pferdejungen, Trainern, Sattlern, von Kappenmachern, Peitschenhändlern, von dem Grafen und sogar von der Herzogin in einer Weise nennen hören, als ob dieses Wort Wasser und Feuer zugleich bedeutete.

Da er jetzt wußte, daß alle drei Söhne von Sham in dem berühmten Rennen laufen sollten, war er so begeistert, daß er wie ein Wirbelwind arbeitete. Die Stunden vergingen in eifriger Vorbereitung auf das Ereignis. Endlich war der große Tag da.

Agba kam der Weg nach Newmarket an diesem frühen Aprilmorgen unendlich lang vor. Er war vor Erwartung wie im Fieber. Am liebsten wäre er aus der Reihe geritten, weil Sham keine Lust zeigte, gehorsam hinter einem anderen Pferd herzulaufen. Wieviel Spaß hätten Sham und er daran gehabt, Titus Twickerham, der auf dem Leitpferd saß, zu überholen. Aber es durfte nicht sein, sie mußten sich einordnen.

Hinter sich vernahm Agba den leichten Hufschlag von Lath, Cade und Regulus, dazwischen das schwerfällige Klopp-klopp-klopp der Lastpferde.

Agba überlegte, daß ihm vielleicht das Tempo gar nicht so langsam vorkommen würde, wenn er Twickerhams gestreiften Reitrock und den schweren Körper des Leitpferdes Galompus nicht dauernd vor sich sähe. Er versuchte, sich abzulenken und beobachtete eine Weile die Bauernhöfe mit ihren schmucken Häusern, vor denen die alten Leute im Gespräch saßen, während die jungen Menschen in den Feldern bei der Arbeit waren. Dann bemühte er sich, die Gänse zu zählen, die im Karren zum Markt gebracht und von den schnellen Pferden auf ihrem Weg überholt wurden. Er guckte in alle Seitenwege. Er sah, wie ein Hirt mit den Schäferhunden seine Schafherde zum Markt trieb. Er versuchte sogar, sich vorzustellen, was die Schafe von den vorüberreitenden Pferden denken könnten.

Es war alles vergeblich. New-mar-ket! New-mar-ket! Das Wort glitzerte vor ihm her wie eine Messerklinge in der Sonne. New-mar-ket! New-mar-ket! Er hörte das Wort im Rhythmus der Hufschläge, im Knarren der Wagenräder, im Ruf des Kuckucks. New-mar-ket!

Jetzt ging es einen sanften Hügel hinauf und durch einen Schlagbaum hindurch. Und plötzlich lag die Heide von Newmarket vor ihnen ausgebreitet da. Agba hielt erschrocken den Atem an. Nicht deshalb, weil Newmarket vielleicht weniger schön gewesen wäre, als er es sich vorgestellt hatte, o nein, das war es nicht. Im Gegenteil, er sah die große graue Fläche vor sich liegen, roch den Duft des Rasens und entdeckte statt einer Rennbahn mehrere Bahnen. Was ihm plötzlich den Hals zuschnürte, war vielmehr die Beobachtung, daß überall, wohin er auch sah, Stall-

jungen mit ihren Pferden herumgaloppierten. Er schloß die Augen, sah das Bild aber im Geiste um so deutlicher. Die seidigglänzenden Körper der Pferde, rennende Pferde. Pferde, die sich im Winde streckten.

Agba ging durch den Kopf, was ihm der Graf gestern abend geraten hatte. »Du darfst dein Pferd herumführen«, hatte er gesagt. »Aber galoppiere nicht. Sham ist ja viel wertvoller als ein Rennpferd. Er ist die große Hoffnung von Gog Magog.«

Und Mr. Twickerham hatte auf seine Art ebenfalls seine Vorsichtsmaßnahmen getroffen. »Wenn ich dich dabei erwische, daß du ihn im Galopp laufen läßt, verprügele ich dich wie noch nie.«

Gestern abend hatte Agba bereitwillig versprochen, was man von ihm verlangte. Er hatte gedacht, es wäre Glück genug, Lath, Cade und Regulus im Rennen zu sehen. Jetzt war er dessen nicht mehr so sicher. Wie gern würde er doch Sham rennen sehen! Wie gern beweisen, daß sein Pferd vor allen anderen der König des Windes sei!

Die Pferde des Grafen waren immer ein paar Tage vor den entscheidenden Rennen in Newmarket, damit der Trainer noch vor dem Start an Ort und Stelle mit ihnen arbeiten konnte.

Diese Tage vor dem Rennen zogen sich nun für Agba und Sham unendlich lange hin. Der Graf hatte viel zu tun und konnte sich nicht um die beiden kümmern. Seine ganze Sorge galt Lath, Cade und Regulus. Er hatte nicht einmal angegeben, wo Sham denn eigentlich während des Rennens stehen sollte, wenn seine Söhne liefen.

Agba wünschte, daß er und Sham nie nach Newmarket ge-

kommen wären. Er mußte mit anhören, was um ihn herum erzählt wurde.

»Regulus wird Donnerstag auf der Runden Bahn laufen.«

»Cade wird Freitag auf der Bacon-Bahn laufen.«

»Samstag soll Lath auf der Cäsarewitsch-Bahn um die Ehre und den Ruhm des Preises der Königin laufen!«

Danach, dachte Agba, wird ja alles glücklich vorbei und alles erledigt sein. Er würde nichts dagegen haben, wenn es wieder nach Gog Magog ginge. Dann könnten er und Sham sich wieder stundenlang allein in den oberen Weiden aufhalten.

Der Montag ging vorüber und ebenso der Dienstag. Der Mittwoch kam. Jeden Tag gingen der Graf und Twickerham an dem Zelt vorüber, in dem Agba und Sham untergebracht waren, und kümmerten sich nicht um die beiden. Der Donnerstag war da. Agba versuchte, die Zeit herumzubringen. Er schüttelte Shams Stroh auf, reinigte seine Hufe, rieb ihm den Körper mit Öl ein. Als der halbe Morgen um war, tat er dieselbe Arbeit noch einmal, wie ein Hund, der in eine Tretmühle geraten ist. Sein Nacken tat schließlich weh, weil er immer wieder erwartungsvoll Ausschau hielt, wenn er glaubte, jemand kommen zu hören. Agba überlegte, ob der Graf nicht Sham vielleicht ausersehen würde, das Leitpferd zu sein, das die nervösen jungen Pferde und Fohlen zum Start bringen mußte. Noch war es früh genug. Der Graf konnte noch kommen.

Die Sonne stieg immer höher. Ringsum steigerte sich die Erregung der Menschen und Tiere. Agba und Sham waren noch immer allein. Niemand kam zu ihnen. Hier sind wir noch einsamer als in Wicken Fen, dachte Agba düster.

Es wurde Mittag. Man führte Regulus auf seinem Weg zum Start an Shams Stall vorbei. Agba hörte die Startglocke. Er hörte ein Trompetensignal. Er hörte den Schrei aus tausend Kehlen: »Sie laufen! Sie rennen! Sie sind ab!« Dann die immer rascher werdende Musik von hastenden Hufschlägen. Ein paar kurze Sekunden lang kam der Schall heftig und laut auf ihn zu, dann wurde er schwächer und entfernter, bis kaum noch etwas zu hören war.

Natürlich war Agba glücklich, als er die begeisterten Schreie hörte: »Regulus! Regulus!« Nun wußte er, daß Shams jüngster Sohn sich unter den Zweijährigen den Sieg geholt hatte. Den ganzen Tag verbrachte er damit, sich selbst zuzureden, wie glücklich er wäre. Aber es nutzte nichts. Irgendwo blieb eine wunde und wehe Stelle zurück, an die man am besten nicht mit seinen Gedanken rührte. Sham war gar nicht beachtet worden! Sham war vergessen!

Als Cade am nächsten Tag das Rennen der Dreijährigen gewann, setzte sich Agba gelassen hin und nähte ein Band an Shams Satteldecke fest. Was bedeutete diese Neuigkeit schon? Er hatte es doch die ganze Zeit gewußt, daß Cade Sieger werden würde. Das Tier hatte ja Shams Blut in den Adern, und Sham war der König des Windes. Hatte er nicht das weiße Zeichen am Huf? Bei jedem dieser Gedanken, die Agba durch den Kopf gingen, sauste die Nadel durch die Decke, immer schneller und immer schneller.

Plötzlich fiel ein Schatten auf seine Näharbeit. Er sah auf und geradewegs hinein in die blinzelnden Augen des Grafen von Godolphin.

»Agba«, sagte der Graf aufgeregt und lachte wie ein Kind, »Agba, eine große Ehrung ist zu erwarten. Der König und die Königin von England werden morgen zum letzten Rennen als Zuschauer kommen. Und der Veranstalter des Rennens lädt den Hengst Godolphin ein, am Ziel zu stehen. Stell dir vor, Agba, der König und die Königin auf der einen Seite und direkt gegenüber Godolphin, der Araber!«

Agba sprang auf die Füße.

»Und du, lieber bester Agba, du wirst im Sattel sitzen«, fuhr der Graf fort. Er lächelte. »Twickerham möchte, daß trotzdem noch je ein Stallbursche an Shams Seite steht. Er traut deinem Hengst nicht. Er meint, er wird dir durchgehen und mitrennen wollen, wenn er die anderen Pferde laufen sieht.«

Ein paar Freunde des Grafen näherten sich den beiden. Der Lord senkte die Stimme und sagte schnell: »Was ist aus den Amuletten geworden? Trägst du sie noch um den Nacken?«

Agba nahm das seidene Beutelchen ab und gab es dem Grafen.

Der Lord blinzelte ihm zu und lachte verschmitzt. »Wenn die Amulette vor dem Biß der Skorpione schützen können, dann sind sie sicher auch stark genug, Lath Flügel wachsen zu lassen.«

Er wandte sich zum Gehen, kam aber noch mal zurück. »Ich brauche dir wohl nicht zu sagen, daß du deinen Hengst herausputzen und auch tüchtig striegeln mußt. Sein Fell gleicht freilich jetzt schon dem Honig, wenn man die Wabe gegen das Licht hält und die Sonne hindurchscheinen läßt.«

Die Nachricht, daß der König mit der Königin kommen würde, verbreitete sich mit Windeseile. Von Norfolk, von Hertford und von Bedford, von allen Gegenden Englands strömten die Zuschauer herbei. Herzöge, Grafen und Edelfräulein erschienen in Samt und Spitzen. Bauern trugen ihre handgewebten Joppen, aus Cambridge kamen Professoren, Förster machten sich auf den Weg, mit einem Rebhuhn als Verpflegung in der Umhängetasche. Geldverleiher, Quäker, Bierbrauer, Sattler, Peitschenmacher, Ratsherren und Gutsbesitzer, junge Mädchen und Hausfrauen, alle, alle kamen, manche zu Pferd, manche fuhren in Kutschen, viele liefen zu Fuß.

Sie sammelten sich am Devil's Dyke, so hieß der Wall, den die Briten vor langer Zeit zum Schutz gegen einen Angriff gebaut hatten. Jetzt war der Deich mit feinstem englischem Rasen überwachsen, auf dem die Zuschauer saßen und standen und darauf warteten, daß die Sonne zum Mittag aufstiege.

In Shams Stall schien die Luft elektrisch geladen zu sein. Der Graf von Godolphin legte persönlich eine purpurrote Satteldecke auf Shams Rücken und befestigte goldene Plaketten auf seinem Zügel und auf seiner Brustplatte. Zwei Stalljungen standen mit seidenen Trensen bereit. Sie trugen die Farben und die Ausstattung des Gestütes von Gog Magog, rote seidene Reitjoppen und lange scharlachfarbene Strümpfe. Wie ganz anders sah Agba aus! Seine Beine und Füße waren nackt, und er hatte einen schlichten weißen Mantel an. Er saß so stolz auf seinem Pferd, als ob er Hermelin trüge.

Jetzt schritt Sham in stolzer Gangart die Rennbahn entlang zum Ziel. Agba hielt die Augen geradeaus gerichtet. Aber das Murmeln der Menge drang an sein Ohr, als ob ein Bienenschwarm losgelassen wäre. Er hörte dunkle Männerstimmen und die hellen Stimmen von Frauen. Und er verstand manches.

»Ich meine, er dürfte etwas schwerer sein!«

»Er ist so klein wie eine Grille, nicht wahr?«

»Golden wie die Sonne glänzt er!«

»Nun guck doch bloß die hohe Kruppe an!«

»Und auch der Reiter, sieh ihn dir an, in der Hautfarbe ähnelt der dem Pferd!«

»Der junge Mann im Sattel, oh, den habe ich gekannt, als er noch ein ganz kleines, schmales Kerlchen war. Mein armer Junge! Ich habe ihm manchmal Kuchen gegeben.«

Agba wandte seinen Kopf zur Seite und erblickte eine dicke, gutmütige Frau, die ihn mit strahlenden Augen ansah: Mrs. Cockburn, und sie tauschten einen warmen, frohen Blick.

Jetzt ertönte ein Trompetensignal! Dann ein heller Trommelwirbel! Die leichten Dragoner fegten auf ihren Pferden in das

Rennfeld hinein. Sie machten den Weg frei für den König und die Königin. Die Menge wich zurück wie Disteln im Wind. Allenthalben wurden Rufe laut: »Lang lebe der König! Lang lebe der König!«

Die Kutsche mit den Majestäten rollte heran. Eine Eskorte begleitete sie. Gleich darauf stand der Wagen. Der Bürgermeister von Newmarket, die Ratsherren und Gutsbesitzer schritten würdig herbei und verneigten sich vor Seiner Majestät George II. von Großbritannien und Irland. Der König war klein von Figur, aber er stolzierte würdig auf die Tribüne zu. Dabei flatterte sein Purpurmantel hinter ihm her, als ob ein Pfau stolz seinen prächtigen Schweif nach sich zöge.

Königin Caroline, hochgewachsen und schlank, schritt hinter ihm her. Ihr Kleid war mit Perlen bestickt, und auch um ihren Hals hing eine Perlenschnur. Ihr Hut war mit purpurnen Federn geschmückt.

Dann kamen die Prinzessinnen, eine immer kleiner als die andere, hinter ihr her, Amalia und Caroline, Mary und Louisa, kleine Ebenbilder ihrer stolzen Mama. Ihnen folgten Grafen und Gräfinnen in großer Zahl.

Kaum hatten die Hurrarufe aufgehört, da zogen auch schon die Pferde, die am Rennen teilnahmen, an der königlichen Tribüne vorbei. Jedes Tier trug die stolzen Farben seines Stalles, Rot, Gelb, Purpur, Grau, Orange.

Agba war ganz hingerissen. Es war ihm, als hätte ein gewaltiger Riese seinen Schmuckkasten geöffnet und Rubine, Amethyste, Saphire und Mondsteine ins Gras geschüttet.

Schnell entdeckte er die scharlachfarbene Decke, die Lath schmückte. Sonst konnte er von Shams Sohn nicht viel erkennen, er sah nur die zuckenden Ohren und den schlagenden Schweif.

Die Lords und Ladys auf der königlichen Tribüne schauten in die gleiche Richtung wie Agba und richteten ihre Feldstecher auf Lath. Aber sie schienen sich mehr für die Kruppe zu interessieren als für die Qualität der Beine und Füße des Tieres.

Agbas Augen nahmen beglückt das ganze Bild in sich auf. Er war doch froh, daß er hierhergekommen war. Er hätte Sham zwar gern im Rennen liegen sehen. Aber er wußte jetzt, daß es doch besser so war, wie es war. Man konnte es wohl nicht wagen, Sham mit den jüngeren Rennpferden starten zu lassen, noch dazu, wenn eins davon sein eigener Sohn war.

Sham war aufgeregt, er schien auf Agbas Zeichen zum Start zu warten. Da es aber nicht kam, blieb er gehorsam stehen. Er fügte sich Agbas Willen. Und es war besser so! Eine Niederlage hätte Agbas Herz gebrochen. So blieb er für immer ungeschlagen. Kein Pferd und keine Gazelle hatten Sham je überholt.

Die Startglocke schreckte Agba aus seinen Gedanken hoch. Seine Augen gingen hinüber zum Starter, der eben die Fahne aufwickelte.

Der Mann schickte seine Gehilfen hundert Meter weiter die Bahn hinunter. Agba beobachtete, wie der Trompeter, hochrot im Gesicht, in die Trompete stieß.

Jetzt paradierten die Pferde zum Startplatz. Sie stellten sich dort in einer Linie auf. Sie waren nervös wie Grashüpfer, tanzten, preschten zur Seite, bäumten sich, starteten auf eigene Faust, wurden wieder zurückgeritten. Starteten wieder und wieder und wieder.

Der große Augenblick kam. Der Starter senkte die rote Fahne. Los ging's!

Nicht einen Augenblick brauchte sich Agba zu bemühen, Lath in dem dahinrasenden Knäuel von Pferden zu erkennen. Er hatte nicht nötig, nach dem rot- und weißgestreiften Dreß des Jockeis zu suchen. Seine Augen hingen an dem kleinsten Pferd, aber das kleinste Pferd hatte einen schlechten Start.

Die Bahn zog sich lang hin. Die großen Pferde rasten den steilen Abhang vom Teufelsdeich hinunter, flogen am Graben entlang, sprangen hinüber auf das andere Ufer und jagten dann weiter, eine lange, gerade Strecke. Sie hielten sich in Gruppen zusammen, nahmen jetzt kleinere Gräben. Lath hetzte ihnen nach. Bald war er an den Gräben. Er nahm sie.

Für einen kurzen Augenblick waren die Pferde hinter einer Hagedornhecke verborgen. Agbas Knie wurden weich. Er fühlte, wie Sham unter ihm zitterte. Weiße Schweißflocken zeigten sich auf dem Nacken des Hengstes. Es war doch gut, daß die Stalljungen an beiden Seiten standen, um ihn festzuhalten.

Die Pferde kamen hinter der Hagedornhecke hervor. Nun war der kleine goldene Hengst schon zwischen den anderen Pferden. Jetzt schoß er aus dem Knäuel hervor! Nun raste er allein vor den anderen her! Lath jagte den Abhang hinunter, dann die Steigung hinauf auf das Ziel zu. Er ließ die schweren Pferde weit, weit hinter sich.

»Das kleine Pferd gewinnt!«

»Lath schafft es!«

»Lath, Godolphins Sohn, gewinnt!«

»Gewinnt! Gewinnt!«

Leute jeden Alters und jeden Ranges klatschten Beifall und brachen in wildes Triumphgeschrei aus.

Agba wußte gar nicht, wie Sham und er eigentlich vor die königliche Tribüne gekommen waren. Plötzlich waren sie dort. Und auch der Graf Godolphin war da.

»Ich gebe mit der größten Freude«, sagte Königin Caroline in ihrer geraden Art, »ich gebe und verleihe mit der größten Freude den Preis der Königin an den Grafen von Godolphin.«

Jedermann konnte deutlich sehen, daß sie keine Plakette in der Hand hielt, sondern eine Geldbörse. Aber nur der Graf und Agba wußten, welche Bedeutung dieses Geld für die zukünftige Entwicklung der englischen Pferdezucht haben würde. Der Graf schaute eine Sekunde lang, über die Federn auf dem Hut der Königin hinweg, Agba ins Auge. Dann ließ er sich auf seine Knie nieder und küßte der Königin die Hand.

Ganz still wurde es auf der Heide von Newmarket. Die Worte der Königin fielen klar und hell, wie die Perlen, die sich plötzlich von ihrem Nacken lösten und auf den Boden der Tribüne rollten. Niemand bückte sich, sie aufzuheben, denn jeder lauschte gespannt auf das, was die Königin nun sagte: »Und wie sieht die Stammtafel dieser stolzen Zucht von Rennpferden aus?« fragte sie, während sie eine ihrer Purpurfedern an Shams Kopfstück befestigte.

Agba lehnte sich erregt im Sattel vor.

Eine kleine Pause entstand, in der der Graf von Godolphin die richtige Antwort überlegte.

»Euer Majestät«, sagte er langsam, »die Stammtafel des Hengstes ist – ist verloren. Vielleicht sollte es so sein. Seine Stammtafel ist in seinen Söhnen aufgezeichnet.«

Wie brauste der Beifall der Landleute! Ein unbekannter Hengst trug den königlichen Purpur! Das war, als wenn ein Märchen wahr würde.

Auch die Prinzessinnen klatschten Beifall. Sogar der König schien sehr zufrieden zu sein. Er warf sich in die Brust und nickte der Königin zu, als wenn er sagen wollte, daß er diese Antwort gut fände.

Agba schluckte. Er fühlte, wie die Tränen seine Wangen hinunterliefen. Schnell hob er die Hand, um sie wegzuwischen, ehe jemand sie bemerken konnte.

Aber seine Hand stockte. Warum? Nun, er hatte gefühlt, daß ihm ein Bart zu wachsen begann. Er war ein Mann geworden.

Plötzlich flogen seine Gedanken heim nach Marokko:

»Mein Name ist Agba! Ba heißt Vater. Ich will dir ein Vater sein, Sham. Und wenn ich groß bin, will ich vor Tausenden von jubelnden Zuschauern auf dir reiten. Und sie werden sich vor dir verneigen. Du wirst der König des Windes sein. Ich verspreche es dir.«

Er hatte sein Wort gehalten.

Zum erstenmal in seinem Leben war er glücklich darüber, daß er nicht sprechen konnte. Worte würden jetzt alles verdorben haben. Sie waren Schalen, die zerbrechen und vom Wind verweht werden könnten. Er und Sham, sie waren beide stumm. Das war der Grund, weshalb sie sich so von Grund auf verstanden.

Der Araberhengst Godolphin stand ganz still. Hoch trug er seinen königlichen Kopf. Der Ostwind machte sich auf, ihm streckte er seine Nüstern entgegen. Der Wind schmeckte nach Moorblumen. Woran dachte Sham nur? Lief er im Geiste mit Lath noch einmal das gleiche Rennen? Freute er sich über den königlichen Purpur? Zog er wieder den Holzkarren in Paris? Oder lief er im Sonnenschein über die fetten Weiden von Gog Magog? Wer weiß es?

Stammvater des grünen Rasens

Der Araberhengst Godolphin erreichte ein hohes Alter. Er war neunundzwanzig Jahre alt, als er starb. Man begrub ihn in Gog Magog unter einem Torweg, der zu seinem Stall führte. Über das Grab wurde ein Grabstein aus Granit gelegt.

Der Stein trug keine Inschrift, denn der Graf von Godolphin hatte keine in Stein geschlagenen Worte nötig, um sich an das Feuer und den Geist des goldenen Hengstes von Marokko zu erinnern. Er brauchte nur auf seine Weiden hinauszuschauen, um dort Shams lebendige Ebenbilder in seinen Fohlen und deren Kindern zu sehen. Da liefen die Hellbraunen, die Dunkelbraunen, die Kastanienfarbenen. Aber von welcher Farbe sie auch sein mochten, sie hatten alle unterschiedslos Shams hohe Kruppe.

»Sie sind meine Ritter von der wundervollen Kruppe«, sagte der Graf gern, wenn Besucher nach Gog Magog kamen. »Das Blut des Arabers Godolphin fließt in ihren Adern. Sie können die Abstammung an der hohen Kruppe erkennen. Und ein Merkmal ihrer Rasse ist auch der Goldton, der bei allen Nachkommen im Fell durchschimmert.«

In Newmarket kümmerten sich die Liebhaber des Rennsports nicht um die Farbe oder die Kruppe der Tiere. Ihnen ging es um die Schnelligkeit und die Ausdauer. Aber gerade diese vortrefflichen Eigenschaften erbten die Nachkommen von ihrem Urvater Sham.

Die Namen seiner Kinder und Kindeskinder waren in aller Leute Mund: Lath, Cade, Regulus, Babraham, Blank, Buffcoat, Match'em, Molly Longlegs, Whistlejacket, Weasel, Old England, Silverlocks, Dormouse.

Eclipse, Shams Urenkel, war der Stolz des Königreiches. In seiner ganzen Laufbahn gab es nicht eine einzige Niederlage. Er gewann elf Preise in Newmarket. »Zuerst Eclipse, und dann keiner mehr!« brüllte die Menge in Newmarket, wenn Eclipse weit vor den anderen durchs Ziel lief.

Es ist bemerkenswert, daß heutzutage, nachdem zwei Jahrhunderte vergangen sind, beinahe jedes siegreiche Rennpferd der Vollblutzucht den Namen des Araberhengstes Godolphin in seiner Stammtafel aufweist. Sein Blut regiert. Sham trägt den Titel: Stammvater des grünen Rasens.

Wie hätten wohl der grobe Fuhrmann, des Königs Koch und die Wirtin vom »Roten Löwen« gestaunt bei dem Gedanken, daß Sham so viel Rum ernten würde.

Sie hätten sich vor Lachen die Seiten gehalten, wenn ihnen jemand prophezeit hätte, daß Man o'War, das berühmteste Rennpferd seiner Zeit, seine Spannkraft einem kleinen, feurigen Pferd aus Marokko verdankte.

Aber der Graf von Godolphin wäre darüber nicht ein bißchen erstaunt gewesen. Vielleicht fühlte er es damals schon, daß seinem Pferd einmal große Ehre widerfahren würde. Denn als er ein ganz, ganz alter Mann geworden war, führte er seine Besucher gern an Shams Grab. Und wenn sie ihn dann fragten, weshalb der Grabstein keine Inschrift trüge, dann sagte er: »Darauf kann ich Ihnen eine ganz kurze Antwort geben. Sham braucht keine. Sehen Sie«, sagte er, und sein Blick schweifte dabei in die Ferne, »das goldene Pferd wurde, solange es lebte, von einem Jungen gepflegt, der nicht sprechen konnte. In der Nacht, in der sein Pferd starb, verließ er uns und ging nach Marokko zurück. Ohne ein Wort zu reden, gab er mir zu verstehen, daß er seine Lebensaufgabe für erfüllt hielte.

Daher habe ich den Stein ohne Inschrift gelassen. Sie und ich, wir können unsere Gedanken und unsere Anerkennung für den ›König des Windes‹ hier niederlegen und auch die Erinnerung an den schlanken braunen Jungen, der Sham so sehr geliebt hat.«

Nach dem Tode des Grafen wurden der Name des Araberhengstes Godolphin und sein Tod auf dem Grabstein vermerkt. Aber die Zeit verwischte die Buchstaben, so als ob sie der gleichen Meinung wäre wie der Graf und seinem Wunsch entsprechen wollte.

wie für Mädchen bei dtv junior

Randolph Stow:
Käpt'n Mitternacht
Illustriert. – Ab 9 J.
7170 / DM 4,80

Alfred Hitchcock:
Die drei ??? und die flüsternde Mumie
Ab 10 J.
7022 / DM 3,80

Die drei ???
und der seltsame Wecker
Ab 10 J.
7193 / DM 3,80

Astrid Lindgren:
Rasmus, Pontus und der Schwertschlucker
Illustriert. – Ab 10 J.
7005 / DM 3,80

Elaine L. Konigsburg:
Das Frankweiler-Geheimarchiv
Illustriert
Ab 11 J.
7115 / DM 3,80

Joan Aiken:
Wölfe ums Schloß
Ab 11 J.
7146 / DM 4,80

Viktor Christen:
Schnick Schnack Schabernack
Gestaltet und farbig illustriert von Jürgen Wulff
Ab 7 J.
7203 / DM 5,80